京都紅莊奇譚

卷一

愛情說，被詛咒吧

白川紺子——著　王華懋——譯

目次

京都紅莊奇譚

繁體中文版 序

白川紺子

這是受到詛咒，無法活到二十歲的少女的故事。

故事舞台在日本長野及京都。這兩地皆歷史悠久，自古以來就是神明與人們居住的土地。

女主角麻績澪是住在長野縣麻績村的高中生。她遭到可怕的邪靈糾纏，每天都被邪靈詛咒：「妳活不到二十歲」。

身心飽受邪靈侵蝕的澪，因緣際會搬到了京都，她的命運從此扭轉了。希望各位讀者能享受這部描寫少年少女在命運擺布之下，仍挺身對抗的故事。

「呪い」一詞，在日文當中有兩種發音，「のろい」（NOROI，詛咒）以及「まじない」（MAJINAI，祈福）。「のろい」是爲了爲加害對方而施行，「まじない」雖然也有負面的意思，但一般來說，都是爲了保護自身、祈禱帶來好

的影響，尤其是在詞首加上「御」（O），稱爲「OMAJINAI」的情況。

作品中出現的「蠱師」（MAJINAI-SHI），能爲人祓除邪惡的事物。「蠱」這個字經常用在利用蟲子施行的咒術上，不過在這部作品中，意義更爲廣泛，指的是咒術本身。

作品中的「蠱」，既是「のろい」（詛咒），也是「まじない」（祈福）。身爲作者的我，私心認爲這就是本作品的核心。

這裡簡單說明一下作品中出現的特殊事項。

在這部作品，「天白神」是至關重要的神明。天白神是在東海地方及長野等地廣受信仰的神明，在作品中被視爲太陽神，但其實天白神究竟是什麼，仍是個謎團。過去也有民俗學家極爲熱心地研究這位神明，但似乎還是無法確定祂的起源和原貌。

「天白」一詞，做爲地名保留在許多地方，我出生的故鄉附近也有叫這個名字的地名。愛知縣名古屋市的天白區，或許也有外國讀者聽說過。這位天白神在遙遠的古時候，是如何在國內傳播、原本是怎樣的神明，實在令人好奇萬分。

作品中，我將麻績家設定爲麻績王的子孫。在正式紀錄當中，麻績王這個人僅有在《日本書紀》中簡短地提到他在天武天皇時代獲罪遭到流放而已，究竟是怎樣的一個人，並不清楚。但是這位麻績王似乎是相當知名的「貴種流離譚①」人物，被詠入《萬葉集》這部古詩歌集之中，《風土記》裡也有他的傳說。我從以前就對這位麻績王十分感興趣，甚至把他寫進小說裡（出道前的投稿作），能夠在這部作品當中寫到他，讓我非常開心。天白神也好、麻績王也好，這些充滿謎團的神祕事物，似乎就是強烈地吸引著我。

在京都，澪住在位於一乘寺的公寓「紅莊」。一乘寺位在京都的東北方，稍微遠離市中心之處。故事中登場的地點，都是這樣的郊區。我認爲比起熱鬧的市區，這些清幽的地點更適合做爲這部作品的舞台。

京都市是盆地，周圍群山環繞，也有踏遍青山的健行步道。我讀大學的時候就住在京都，但當時我對周邊的山地沒什麼興趣。現在我將目光從京都的中心移向郊區、山地，發現它們的歷史及文化有許多引人入勝之處，讓我對京都有了全新的認識。透過寫作，我發現自己對京都自以爲瞭解，其實十分陌生。這次我最感興趣的地方就是山科，山科位在京都市東部，有許多我第一次得知的歷史，讓我想要更進一步深入探索。

回想起住在京都的那段日子，我第一個想到的就是夜晚的京都御苑。京都御苑是圍繞著京都御所的公園，綠意盎然，是市民休憩的園地，但入夜以後，就會變得一片陰森森。

當時我住在寺町二條，大學在北邊的今出川，京都御苑就在兩地之間，因此去大學上課的時候，都會騎自行車穿過京都御苑。白天還好，但上完晚上的課以後，回程路上就是一片漆黑。京都御苑樹木蓊鬱，因此更顯漆黑、寂靜，感覺隨時都會有可怕的東西從樹木後面冒出來。我就在這樣的氛圍中騎著自行

註

1：血統高貴的人物經歷流離劫難並克服的故事類型。

車經過。穿過只聞車輪輾過碎石聲作響的黑暗當中，即使是走慣了的路，每次仍教我膽戰心驚。我覺得這部作品也反映了那種幽暗可怕的印象。

不知道各位讀完本書之後，會有什麼樣的印象？希望大家都能在其中獲得樂趣！

搖鈴者

鈴を鳴らす者

『妳活不到二十歲。』

自幼開始，**它們**便糾纏著澪。

黯淡、宛如黑色蜃影的事物。它們扭曲、搖曳。它們現身時，總是伴隨著毛衣被暖爐烤焦般刺鼻的臭味。

它們總是笑著這麼說：

『妳活不到二十歲。』

就算朝它們丟石頭，它們也不會消失。即使逃跑，也會窮追不捨。它們磨耗澪的生氣，嘲笑她。它們看著睡著的澪、發燒痛苦的澪嘲笑。

『澪！』

澪只能強忍淚水，咬牙切齒地瞪著那些黑色的蜃影，這種時候，一定都是堂兄漣趕到她的身邊，用他的職神將蜃影驅散。

『不是老交代妳別忘了護身符嗎……！』

大澪兩歲的堂兄數落著，把護身符塞進澪的手裡。

這是小時候不知道上演過多少次的情景，但爲何最近動不動就想起這些呢？

澪今年十六歲了。

距離二十歲，只剩下四年。

「澪，快點啦。我要先走囉。」

漣在玄關催促澪，澪來不及調好領口的蝴蝶結，把手帕揣進裙子口袋裡，匆匆忙忙跑向玄關。

「手帕帶了嗎？護身符沒忘吧？」

每天早上漣都要問一次。澪從另一邊的口袋掏出櫻花圖案的縮緬布料小護身符袋。「帶了。」袋上的小鈴鐺清亮地響了一聲。

「別弄丟了。」

「不會啦。」

這也是每天早上的例行對話了。兩人匆匆走出玄關，齊聲向家裡道別：「我們出門了。」屋內傳來伯母的回應：「路上小心。」

可能是夜裡下過雨，連接大門的石板地一片濡濕。澪望向左邊。楓樹與杜鵑花的植栽另一頭，是社殿的身影。老舊的屋瓦一片潮濕，在朝陽底下燦白生輝。社殿傳來祈禱聲。

「伯父這麼早就有客人？」

「應該是想要在上班前趕快驅邪一下吧？」

伯父是這間神麻績神社的神主，但似乎還有別的身分。澪是在小學的時候察覺這件事的。有些客人會悄悄來拜訪伯父，像那樣請他祈禱。伯父所誦讀的文句，聽起來和平時在神事中聽到的祝詞不同。怎麼個不同，她也說不上來——兩邊都聽不懂在說什麼——總之氣氛頗爲可怕。當時還是小學生的澪問漣：『伯父在做什麼？』漣應道：『是在施蠱。』

蠱。

漣說伯父——麻績家，是自古以來的蠱師一族。

比方說，前往離家最近的聖高原站，搭車到松本站附近的學校這段路，澪會在路邊、樹林上、田埂間，看見像黑色蜃影的事物。從她懂事以來，就一直看得見。漣說那些東西是邪靈。據說蠱師都把邪惡的事物——死靈、詛咒、淤積的惡氣這些，統稱爲邪靈，而蠱師就是祓除這些邪靈的人。

「澪，不要看對面的樹。」

走出車站，前往高中的路上，漣忽然說道。

「咦？」

聽到這種話，就會反射性地朝那裡看，不是人之常情嗎？澪不小心看到了。路樹背後有一團漆黑搖曳的蜃影。它沒有眼睛，澪卻感覺它正在看著自己。熱氣動了起來，就彷彿被澪吸引過來一般。

「笨蛋。」

漣嘀咕了一聲，細語：「颪。」瞬間，一陣旋風颳起。旋風發出鋒利乾燥的聲響，撕裂蜃影。整件事發生在彈指之間，周圍的人只覺得忽然一陣強風吹過，但澪看見了一頭狼以利牙尖爪撕裂了漆黑的蜃影。那頭狼叫颪，是漣的職神之一。

蠱師擁有自己的職神，做爲使役靈差遣。這讓澪羨慕萬分。澪雖然看得見邪靈，卻沒有蠱師的天賦。儘管體質成天招引邪靈糾纏，卻沒有祓除的能力，因此澪從小就成天發燒。邪靈不斷地耗弱她的精神和體力，現在依然如此，她動不動就因爲發燒貧血而病倒，請假在家休息。

「小心點啊。」

漣走在前方，就像要護住澪。堂哥漣總是會這麼做。澪看著他衣領上有綠色線條的學校指定白色ＰＯＬＯ衫，埋怨說：「我也好想要狼喔。」

「妳不是也有嗎？」

「我又沒看過。」

「妳有啦，白色的小不點狼。」

聽說有一頭狼跟著澪。正確地說，是跟著澪身上的護身符。護身符是父母的遺物。漣說他小時候看過一次那頭狼，護在昏倒的澪的身邊，對著邪靈狂吠。

「遇到危險的時候，那頭狼真的可靠嗎……？」

「總之，護身符一定要帶好，千萬別弄丟了。」

「我知道啦。」

漣真的很嘮叨。澪每次都想，同樣的話他到底要囉嗦多少遍？

「早，你們在聊什麼？」

背後有人出聲，澪和漣立刻收住了口。不知不覺間已經來到校門前，周圍有許多學生。澪回想先前的對話，覺得應該沒有聊到太奇怪的內容。要是被人聽到他們在說什麼邪靈啊蟲的，不曉得會招來多教人難堪的視線。

澪回頭：

「早，美矢。」

向兩人打招呼的，是國中就認識的同班同學西野美矢。美矢長得很可愛，留著一頭齊肩的栗色頭髮，很適合學校的水手服制服。澪私心介意這身制服太可愛，似乎不太適合自己。

「麻績學長也早安。」

美矢也對漣笑盈盈地道早，但漣只是冷漠地應了聲「早」，一個人匆匆走掉了。

「……對不起，漣兄就是這麼冷。」

她覺得對堂妹的朋友稍假辭色一下也不爲過，美矢卻說「就是這樣才帥啊」，眞教人不懂。

「好好喔，每天早上都可以跟漣學長一起上學。」

美矢還語帶嘆息地羨慕說。

「他每天早上都嘮叨個沒完耶……」
「什麼？麻績學長會嘮叨嗎？我也想被學長唸！」
美矢不曉得想像到哪裡去了，一個人興奮不已。
「麻績學長一看就很會照顧人嘛。」
「是嗎……？」
「學長跟小澪在一起的時候，都會站在保護妳的位置不是嗎？你們就好像一對親兄妹。」
澪覺得美矢眞是觀察入微。
「也差不多了。」
「幾乎就是親兄妹？」
「嗯。」
「難怪，你們兩個氣質很像呢。看到你們在一起，會不好意思打擾。因爲你們太完美了。」
「完美？」
「完美的俊男美女。」

澪覺得是美矢的感性太獨特了。美矢伸手撩起澪長長的髮絲，欽羨地撫摸著。

「好好喔，小澪的頭髮眞是烏黑亮麗，哪像我的頭髮，細得要命。」

「我覺得妳的頭髮很可愛啊……」

「也是，我的個子和臉型也不適合黑頭髮嘛。小澪身材高䠷，手腳修長，所以才適合這種髮型。」

美矢摸完頭髮，又伸手摸澪的手。溫暖的指頭滑過皮膚。澪喜歡美矢的熱絡親人，但她有時會過度親暱，教人有些吃不消。

「……小澪，妳是不是瘦了？夏季疲勞嗎？還好嗎？」

但美矢也能像這樣體貼入微。澪微笑說：

「嗯，可能有點熱到吧。」

「妳身體很弱，要多多保重啊。不可以因爲天氣熱，就只吃涼麵線喔！」

「嗯，我會小心。」

澪在學校也經常昏倒，被貼上了體弱多病的標籤。每一次漣都像家長一樣趕來關心，也是固定戲碼了。

來到鞋櫃前，美矢想起來說：

「對了，小澪，暑假要不要去京都玩？小藍跟小恭她們在計畫耶。」

記得小藍和小恭是美矢的社團朋友。

「京都……可能沒辦法耶。我伯父應該不會准。」

京都旅行實在很讓人心動，但伯父不會同意吧。伯父平素就千交代萬交代「妳不能離開長野」。理由不清楚，但伯父的話就是天條。

「京都又不遠，如果京都不行，哪裡可以呢？」

「也不是地點的問題……」

「當天來回就沒問題了吧？當天來回，偷偷去偷偷回來，妳伯父一定不會發現的啦。」

「唔……」

「我好想跟小澪一起去旅行喔。」

伯父的嚴命不容違背。可是澪想跟朋友去旅行。

美矢說「妳考慮一下喔」，澪點了點頭。

當天來回就不會被發現……眞的嗎？萬一露餡，絕對少不了一頓好罵。不過追根究柢，爲什麼澪不能離開長野？是擔心出遠門昏倒會很麻煩嗎？一直以來，澪也不曾想要出遠門，所以這個限制也沒什麼不方便……

放學後，澪走在歸途上，悶悶不樂地尋思著。她在聖高原站下車，經過田地旁邊的路。放學的時候，她是一個人回家。她盡量低著頭，避免去看周圍的怪東西。其實這一帶被青翠的山林所圍繞，景色明媚秀麗，即使在盛夏也十分涼爽，是絕佳的避暑勝地。附近的高原也有許多別墅。

長野縣麻績村。此地自古以來便是交通樞紐，據說在江戶時代做爲驛站，繁榮一時，現在仍保留了許多古老的房屋，麻績家也是其中之一。麻績二字，就是「績麻」——將麻的纖維搓製成線，用以織布。古時負責績麻，納貢朝廷的一群人「麻績部」，就世居在此地。簡而言之，是歷史相當悠久的古老土地。

麻績家怎麼會變成蠱師？又是什麼時候變成蠱師的？詳情澪並不清楚。她明確知道的，只有父母在她兩歲的時候遇上車禍過世，此後伯父伯母便收養了她，以及——

「妳活不到二十歲。」

粗厲的聲音響起，澪停下腳步。

「妳二十歲以前就會死了。」

邪靈的聲音就像搓磨細沙一般，發出刺耳的聲響。那絕對不是人類的聲音。感覺就好像胸口內側被尖爪摳抓。澪咬住嘴唇，頭也不回，加快腳步。不能回頭答腔。必須假裝沒聽見，否則它們會逮住情緒紊亂的空隙，伸出魔爪。

看見麻績家的鳥居時，澪鬆了一口氣。她幾乎是用跑的穿過老木頭鳥居。尾隨身後的邪惡空氣驀地消散了。邪靈無法闖入神社。

澪大大地吁了一口氣。

——我活不到二十歲。

自從懂事以來，邪靈們便聒噪地這麼告訴澪。邪靈們的詛咒，就像糖粉一樣灑遍她的每一天。

「……妳回來了。」

澪吃驚地抬頭，看見伯父正從社務所走出來。伯父才四十多歲，但嚴肅的相貌和以他的年紀而言過多的白髮，讓他顯得蒼老。不苟言笑的態度，完全就是漣的父親。

「啊……嗯，剛回來。我回來了。」

伯父細細地端詳澪的臉，只應了聲「嗯」，便折回社務所了。似乎不是外面有什麼事出來。

澪往住家的方向走去，打開玄關拉門。因爲是老房子了，門板很沉重，開起來很費勁。差不多該爲門檻上個蠟，潤滑一下了。

「我回來了。」澪招呼之後脫鞋，屋內傳來伯母明朗的聲音：「妳回來了。」走進起居間一看，伯母正在記帳。應該是和蠱師相關的帳簿。伯母闔上帳本，伸了個懶腰：「啊，肩膀好痠。」

「伯母，我給玄關門上個蠟好嗎？變得好難開喔。」

「啊，沒事沒事，週末叫漣弄就好了。」

「這樣嗎……？」

澪到現在還是不清楚，這種情況應該強勢堅持「我來」，還是該恭敬不如從命？

「妳去洗手吧。我來泡茶。」

「好。」

澪正在盥洗室洗手，不經意地想起邪靈的話。

——妳活不到二十歲……

澪問過伯父：我二十歲以前就會死了嗎？

伯父的臉僵住，沒有回應。這就是回應。此後，澪再也沒有當面問過伯父這個詛咒的事。

她感覺自己的身體正一點一滴地被侵蝕。

是會在二十歲的前一刻死掉，還是這一兩天就會死掉？感覺迫在眉睫，又似乎捉摸不定。因爲不願面對，所以不敢正視。

抬頭一看，鏡中倒映出自己。皮膚蒼白。我面露死相了嗎？死相是什麼樣子？如果在自己的臉上看到死相，該怎麼辦才好？

最近澪很怕看鏡子。

再一個星期就放暑假時，美矢再次邀澪去京都旅行。

「如果怕被妳伯父發現，假裝學校有事出門就行了吧？分頭出發，然後在京都跟我們會合。」

美矢把吃完的便當挪到一旁，上身探出桌面說。午休時間的教室裡，充斥著恰到好處的喧囂和鬆弛的氣氛。

「我們是暑假第一天去，就說有東西忘在學校，回去拿就行了。我們會在京都過夜，但就算是當天來回，一定也很好玩的。」

要去嵐山，然後在四條那裡血拚，也想去清水寺——聽著美矢歡欣的聲音，澪也心動不已。

「想去祇園吃聖代呢。剉冰也有不錯的店家。喏，小澪不想去嗎？」

想去。澪也最愛吃甜食了。

「……我也一起去好了。」

「咦！」美矢瞪圓了眼睛。「眞的嗎？」

「不要被伯父——應該說，不要被漣兄發現的話……應該就可以。」

「麻績學長啊……」

伯父會不會知道，取決於會不會被漣發現吧。漣眼尖又敏銳，只要澪有一丁點異狀，他立刻就會察覺。

「麻績學長眞的好重視小澪，眞教人羨慕。」

「他那只是過度保護……」

「妳是身在福中不知福。」

兩人說定，如果澪能夠神不知鬼不覺地溜出家裡，乘上電車，就連絡美矢的手機通知她。感覺就像祕密任務，澪覺得有些興奮。

「萬一去不成，先跟妳說聲對不起。」

「如果失敗，寒假還是春假再去吧！」

美矢活潑地笑道。美矢這種大而化之的個性，讓容易鑽牛角尖的澪感到輕鬆許多。澪也笑了。

「然後，學校附近不是有間神社嗎？」

「咦？」

雖然訝異怎麼會是「然後」，但美矢好像已經進入下一個話題了。美矢聊天總是如此活潑地跳來跳去。

「要不要去祈願？」

「……祈願……」

澪想，怎麼突然冒出這麼古風的字眼？一點都不像美矢。

「那間神社大白天也陰森森的，滿恐怖的對吧？而且也沒有人。好像都沒有人去祭拜呢。可是……」

聽說那裡很靈驗喔，美矢壓低了聲音說。

「我阿嬤跟我說的。她說那間神社從以前就很有名，只要在那裡祈願，就能實現。」

原來如此，是從阿嬤那裡聽來的，才會冒出「祈願」這種古風的字眼。澪吸著利樂包的咖啡牛奶，聽著美矢的話。

「不是單純去拜拜就行了。那間神社——其實說是神社，也只有古老的鳥居和小小的祠堂而已，不是嗎？被樹木圍繞，很陰森。聽說只要把祠堂旁邊的山茶花樹葉摘下一片，當成護身符帶著，願望就會實現。」

如果是眞的，感覺早就一堆人殺過去，山茶花樹葉一下子就被摘光了。

當然，美矢也並未當眞吧。

「我阿嬤說，她年輕的時候，女孩子很流行去那裡祈願，許多女生都把葉子放進親手縫的護身符袋，帶在身上。我問阿嬤，『那願望實現了嗎？』但我阿嬤只說『不曉得』。聽說那棵山茶花樹非常大、非常古老。」

「是喔……」

「小澪，妳去別的神社會被罵嗎？」

「沒這回事。」

「那我們去看看，一起祈願吧。我一個人不敢去。」

美矢雙手合掌向澪膜拜。

「唔……陪妳去是沒關係啦……」

「眞的嗎？太開心了！那，等下放學我們一起去。」

「咦？今天就去嗎？」

「妳有事嗎？」

「是沒事啦……」

「那就今天！」

美矢開心地笑。

——只是去一下而已，應該不會拖到多晚吧……

伯父交代，如果會晚歸，要事先說一聲。並不是設有門限。

——原來美矢有那麼渴望實現的願望嗎？

澪一邊收起便當盒，看著已經聊起下一個話題的美矢。

那座祠堂坐落在蓊鬱的森林裡。樹蔭濃密，蟬鳴聲刺耳，卻一片陰寒。好想披件開襟衫。澪摩挲手臂。

「喏，一個人來會怕對吧？」

美矢貼在澪的背後，膽戰心驚地東張西望。

「山茶花樹是那一棵嗎？」

澪指向祠堂旁邊的樹。老舊的祠堂看上去幾乎傾頹了，但山茶花樹樹幹粗壯，枝葉招展翠綠。澪第一次看到這麼大的山茶花樹。

「原來山茶花樹可以長到這麼大。」

澪讚嘆地說，但美矢只是害怕地眨著眼睛。

「葉子隨便摘一片就可以了嗎？」

澪攀住一根樹枝拉近，讓矯小的美矢也能搆到。

「啊……謝謝。」

美矢提心吊膽地伸手，從枝椏摘下一片葉子。深綠的葉片油油亮亮。美矢拿著葉子站在祠堂前，深深垂首。祠堂門扉緊閉著，不知道裡面有些什麼。澪沒來由地覺得裡面應該是空的。不管是這座祠堂還是這個地方，瀰漫的都只有空洞。樹木沒有經過修剪，猖狂生長，爬藤糾纏在一起，地面雜草叢生，祠堂木板腐爛傾斜，是一座顯然遭到棄置的神社。是因爲被棄置，所以空洞，還是因爲空洞，才會遭到棄置？

——反倒是……

澪把目光從虔誠地祈禱的美矢背影移向山茶花樹。儘管綠意濃密，卻感覺不到夏季的綠意特有的旺盛生命力。澪覺得，重疊的葉片形成的暗影，深處潛伏著某種不祥之物。

——某種像邪靈的東西。

澪無意識地後退了。不知何處傳來鈴鐺的聲響。是護身符袋裡的鈴鐺聲嗎？澪把手伸進口袋裡，又覺得聲音來自別的地方，卻也分辨不出其來何自。鈴聲似近似遠。

澪不小心絆到石頭，失去平衡跌倒了。鈴聲消失了。

——那到底是什麼聲音？

抬頭一看，美矢正回頭對著這裡。不知道是祈禱完了，還是被澪跌倒的聲音嚇到回頭，但美矢整張臉背著光，看不見表情。

「小澪……妳還好嗎？」

「嗯，絆到石頭而已。」

「有件事我一直想問妳。」

「咦？」

「聽說小澪已經許配給麻績學長了，是眞的嗎？」

「許……許配？」

這是哪裡聽來的？澪瞪圓了眼睛。

「有人這樣說嗎？是說，許配這個詞也太古老……不，總之沒這回事。這太誇張了。」

到底哪來的這種流言？澪納悶著，起身拍掉裙子上的泥土。

「也不是不可能的事吧？堂兄妹的話，可以結婚啊。」

「沒有的事，眞的沒有。」

澪斬釘截鐵地強硬否認。美矢沉默，低下頭去。

「妳怎麼會突然問這種事？美矢？」

澪走近美矢。美矢緊捏著山茶花葉片，捂在胸前。也許是光線使然，她看起來一臉蒼白。

「妳不舒服嗎？」

「覺得……好冷。」

「是流汗著涼了吧。我們回去吧。」

美矢順服地點了一下頭。就和來時一樣，澪領頭往前走去。穿過搖搖欲墜的傾斜鳥居，走出巷弄時，暑熱突然撲面而來。明明熱到吃不消，卻唯獨這時教人一陣安心。

兩人前往車站，準備乘上電車時，美矢已經恢復成原本的聒噪活潑了。

——剛才那到底是怎麼回事？

是那裡的氛圍，讓美矢看起來異於平時而已嗎？

或許這時候，她應該好好地問出美矢到底有什麼心事的。那樣一來，或許——事後澪不斷地回想起這一刻。

回家換下制服的澪想要從口袋裡取出護身符，整個人定住了。

不見了。

口袋裡空空如也。她連忙把手伸進另一邊的口袋，一樣是空的。

她頓時面無人色。

——弄丟了……掉了？在哪裡……啊！

腦中浮現和美矢一起去的神社。澪在那裡跌倒了。是那個時候遺落的嗎？

澪看向時鐘。現在回去找的話，天都要黑了。天黑以後就沒辦法找，而且那裡大白天就夠可怕了，天黑以後更是讓人不敢踏入。明天早上上課之前去找，或是放學以後去找嗎？要是漣發現她弄丟了護身符，一定會把她罵死。得快點找到才行……

隔天早上，澪對伯母說「我忘記今天有作業要交，先去學校寫」，趕在漣起床前就出門了。

到校之前，先去昨天的神社。朝陽底下的神社，看起來比昨天更明亮、潔淨。

她在跌倒的地方尋找，卻沒發現護身符，只看到雜草和石頭。祠堂周圍、山茶花樹底下她也看過了，依然毫無所獲。如果不是在這裡遺失的，會是哪裡？

澪垂頭喪氣地離開神社，抱著一絲希望，向到校的美矢打聽有沒有看到護身符，卻得到「沒有」的回答。

「妳說護身符，是櫻花圖案的那個嗎？」

「對。」

「妳弄丟了？」

「好像……大概是在昨天的神社弄丟的。」

「那是很重要的東西嗎？」

「唔，算吧。」

「這樣啊。希望可以趕快找到。」

「嗯……」

澪點著頭，隱隱感到不太對勁。是因爲美矢的回應明顯事不關己嗎？自己是期待美矢會說『我陪妳一起找』嗎？

——因爲是美矢說一個人不敢去，我才陪她去的……

浮上心頭的不悅，讓澪嘆了一口氣。任意期待、任意失望，這太幼稚了。放學後再去找一次吧，她想。

結果護身符沒有找到。儘管覺得必須向漣求助才行，卻一天拖過一天……不知不覺間，已經進入暑假了。

——從京都回來再跟漣兄說吧……

因爲知道絕對會挨罵，所以明知不應該，卻能拖就拖。明明這樣只會讓漣更生氣。

澪之所以沒辦法把它當成一件嚴重的大事，是因爲她並不相信護身符有什麼功效，同時也是因爲對父母的遺物有種排斥感。

說是「遺物」，把連長相都不記得的故人的東西硬塞給她，讓她覺得怪不舒服的。但她沒辦法把這件事說出口。周遭的氛圍是，這是父母的遺物，妳理當要珍惜。

——比起早就不在的父母，更想要孝順伯父伯母，這樣是不對的嗎？

這算是對父母的背叛嗎？

——或許丟掉了反倒乾淨。

澪懷抱著這樣的心思，在暑假第一天的一大清早出門了。她趁著漣還沒起床，對伯母說「我去學校拿忘記的東西」，還說「既然都去學校了，我去圖書室自習」。這下子，澪今天一整天都自由了。

抵達松本站後，她搭上特急列車前往名古屋，從名古屋到京都則是搭新幹線。車程約四小時，中午前就到京都了。她原本考慮找個地方換成便服，但那樣就會多一樣行李，太麻煩了，打消了這個念頭。

她和先前往京都的美矢等人約在京都車站的中央口驗票閘門。澪從來沒有一個人來到這麼遠的地方，難得情緒亢奮。

窗外的景色，不管經過任何地方都是大同小異。山間零星散布著聚落，進入平地以後，就是成片農田，站前則有民宅聚集。就這樣循環反覆。澪心想，不管是麻績村還是外面的土地都差不多，但是一走出新幹線列車，立刻改變了想法。還是有差異的。

好熱。

怎麼會熱成這樣？松本也很熱，但兩地的熱，質地不同。熱度——不，是濕氣，籠罩了全身。包覆肌膚的濃稠濕氣，幾乎讓人窒息。

——熱成這樣，我有辦法順利觀光嗎……？

已經感到卻步的澪經過月台，穿過驗票閘門。人很多。挑高的車站大樓寬闊開放，讓人感覺「眞是大都市」。澪張望驗票閘門附近，在貌似等人的旅客當中尋找美矢的身影。雖然有幾群像高中生的女生，但沒看到美矢。澪四處走動，東張西望，依然沒有發現。

應該沒搞錯會合地點啊……？澪掏出手機，查看在新幹線中傳給美矢的訊息。她通知新幹線抵達時刻的訊息依然未讀。美矢還沒看到嗎？澪再傳了一次，但等了幾分鐘，依然沒有已讀。澪沒辦法，直接打電話。

電話意外地立刻接通了。「喂？」美矢的聲音。背後傳來人潮的喧鬧聲。

「美矢，我已經到京都站了。妳現在在哪裡？」

一拍停頓之後，響起驚訝的一聲：「咦？」

「小澪，妳跑來京都了？不會吧！」

「什麼不會吧……」

「我還以爲妳不能來。」

「……我傳訊息跟妳說我上新幹線了，還傳了抵達時間。」

「咦？是嗎？抱歉，我沒看。」

澪不知道還能說什麼。美矢的聲音滲透出若有似無的惡意嘲諷。美矢沒有說「那我們會合吧」，也沒有說「那妳過來這邊」。澪還沒遲鈍到讀不出這當中是什麼樣的感情。

——從什麼時候開始的？

「美矢……」

嘴巴裡乾得舌頭都轉不動了。指頭逐漸失溫。

澪咬住下唇。美矢從一開始就打定主意這麼做嗎？慫恿人家來，再放鴿子，在一旁看好戲……

——爲什麼？

「就告訴妳好了，或許妳都沒發現吧，」

電話彼端傳來壓抑的聲音，不是美矢平常的聲音。

「其實我一直很討厭妳。」

美矢的聲音沉重地墜入心胸深處。腦中一片麻痺，明明很熱，身體卻愈來愈冷。心跳聲好吵。舌頭乾硬，說不出話來。

「妳老是一臉理所當然的樣子，獨占麻績學長。」

「……漣兄……？」

「小澪，妳太奸詐了。」

那聲音苦澀萬分，就像要宣洩哽在心胸巨大的鬱結。這讓澪稍微冷靜了一點。

——原來美矢很痛苦。

如果只是想要嘲笑澪，美矢不會是這樣的聲音。

「妳在哭嗎？美矢。」

「誰會哭……」

「妳在哪裡？妳跟其他人在一起嗎？」

一段漫長的沉默之後，傳來細微的聲音：

「……祇園。只有我一個人。我說大家要來旅行，是騙妳的。我只有一個人……」

美矢的聲音在顫抖。

「妳在祇園的哪裡？」

「……小澪，妳的護身符在我這裡。」

「咦？」

「是我撿走了。在那間神社掉出來的時候。妳跟麻績學長聊過護身符的事對吧？我想說這就是你們在講的護身符，如果這是妳重要的東西，我就要在旅途中把它丟掉……」

美矢的聲音逐漸變得細微顫抖，幾乎快聽不見，就像已經疲累了。

「……可是，妳還沒有丟掉吧？」

手機彼端傳來啜泣聲。這時另一邊傳來鈴聲，讓澪一陣心驚。

——這聲音。

是在那間神社聽到的鈴聲。

「我心裡好亂，都搞不懂自己是怎麼了。自從去了那間神社，有時候我的腦袋會變得一片漆黑。小澪……」

「美矢，妳在祇園的哪裡？我現在就過去。」

「我也不知道……我在一條大河旁邊。人很多，我好累。」

「那，妳在那裡休息，我這就過去。」
「不用啦，不要來。妳不用過來。」
電話掛斷了。澪猶豫要不要重打，但決定還是先盡快趕過去。她從書包取出京都旅遊導覽書，查看祇園的地圖。
「美矢說的大河是鴨川吧……祇園裡的河感覺很小……」
總之先過去再說，澪邁出腳步。站前的公車總站擠滿了人，而且也不曉得該坐哪一班才好，她決定搭計程車。「那個，我想去祇園旁邊的鴨川。」她說出模糊的目的地，高齡司機親切地建議：「到鴨川就好了嗎？如果要去祇園，在四條大道下車比較近。」
「我跟朋友約在那裡。」
「啊，這樣啊，那載到四條大橋應該就行了吧。」
澪不清楚那裡是哪裡，但還是說「麻煩了」。計程車順暢地往前駛去，澪鬆了一口氣。
「畢業旅行嗎？很少看到學生一個人搭計程車。」
司機可能很健談，一邊開車一邊攀談。

「不是——」澪猶豫該怎麼回答才好，這時握在手中的手機震動起來。她驚訝地看向螢幕，以爲是美矢打來的，結果不是，是漣。她忍不住「嗚」了一聲。

——難道曝光了？

點下通話。瞬間，手機傳出低沉的聲音：「喂，妳在哪裡？」是漣生氣時的聲音。

「哪、哪裡？我在學——」

「我知道妳不在學校，從實招來。」

「…………京都。」

有如千斤重的沉默之後，傳來深沉到家的一聲嘆息。

「居然……」

「咦？」

「沒事，不重要。說了也無濟於事。總之，妳找間神社待著。我現在就過去。」

「咦！」

「我去接妳。妳乖乖的別亂跑。」

漣單方面說完，掛了電話。他的聲音很平靜，但這也顯示他憤怒到了極點。澪垂下頭去。

「客人，快到四條大橋了。」

「啊，好。」

對了，現在得先見到美矢再說——澪重新打起精神。

澪在經過四條大橋一些的地方下了計程車，環顧周圍。四條大道的人行道人潮洶湧，但與它南北相交的鴨川旁邊的這條人行道卻十分清靜，人影稀疏。河岸邊的人還要更多。偶爾會有自行車從旁邊騎過。

沒看到美矢。澪定睛搜視河岸，似乎也不在那裡。

——跑去哪裡了？

她用手背揩去點滴滲出頸脖的汗水。路面反射著烈日，刺眼極了。有種橡皮燒焦般的討厭氣味。

驀地，後頸一陣厲寒，汗水涔涔滴落。一道黑影從背後覆蓋上來，探頭看澪的臉。幽幽搖晃的黑色蜃影就近在臉旁。

蜃影的輪廓模糊，布滿血絲的眼睛卻一清二楚，咕溜溜轉動著。感覺到野獸般的呼吸。濕暖的氣息噴到耳上，全身起了雞皮疙瘩。澪嚥下尖叫，拔腿就逃。

但還沒跑上多遠，澪的腳就絆住跌倒了。膝蓋好像磨破了，陣陣刺痛，但無暇喊痛。她想要趕快站起來，腳踝卻被一把扯住，雙手反射性地撐地。低頭一看，枯枝般的手正掐住自己的腳踝。黑色蜃影不知不覺間變成了老人的樣貌。一個頭髮幾乎掉光、只剩下皮包骨的乾瘦老人。

那雙白濁的眼睛並未看著澪。沒有牙齒的嘴巴一張一闔。澪掙扎著想要甩開那隻手，老人的五指卻更深地掐了進去。

突然間，老人的背部高高隆起。那隆起一眨眼便膨脹起來，撐破身上的和式寢衣。那是一顆頭，頭上是中年男子的臉。臉頰凹陷，布滿了邋遢的鬍碴。充血的眼睛炯炯地忙碌轉動，那目光一發現澪，頓時定住了。接著老人的肩膀隆起，長出了手。手不斷地伸長，從老人的手上再抓住了澪的腳踝。老人的手一下子就被捏碎了。腳踝被殘暴的力道勒住，澪就要尖叫起來。

「於菟！」

忽然一道冰冷的聲音傳來。那聲音一響起，彷彿周遭的聲音和暑熱都頓時消散殆盡。

是少年的聲音。如此意識到的同時，一道巨大的影子掠過澪的眼前。與男子黏在一起的老人身影凌空彈飛，束縛澪的腳踝的力道也鬆開了。

起身的澪看到的，是一頭老虎咬住男子咽喉的景象。

——老虎！

那千眞萬確是一頭老虎，有著一身褐黑相間的條紋毛皮，以及獠牙和利爪。身形比成人男子整整大了一圈，粗壯的腳踏著老人的身體。

老虎猛一甩頭，一樣東西飛到澪的腳邊來。暴睜的雙眼——是男子的頭顱。澪差點要尖叫，但頭顱已經逐漸變回黑色的蜃影。

蜃影漸細漸淡，池邐地流向澪的身後。澪的目光隨著它轉向後方。

那裡站著一名高中生年紀的少年。身上穿著胸前有徽章的水藍色襯衫，可能是制服，底下是深棕色長褲。一看到那張臉，一股奇妙的懷念陡然貫穿胸口，澪屏住了呼吸。

怎麼會呢？明明素不相識。

她可以確定從來沒見過這個人。因爲對方的相貌，看過一次就不可能忘記。鼻梁高挺，五官秀麗得可怕，飛揚的雙眼甚至散發出蠱惑的魅力。身姿英氣凜然，就好像只有他的周圍，空氣宛如寒冬般凝凍著。

他也同樣注視著澪。面無表情。蜃影朝他飄去。他驀地別開目光，朝蜃影伸出手。

蜃影纏上他的手。只見他手指一動，彷彿捲住那團蜃影，接著拳頭一捏，蜃影消失無蹤。五指再度張開時，掌心上有顆像黑色石頭的東西。他捏起那顆石子，隨手扔進嘴裡，喉結上下滾動，澪知道他吞下去了。

——他把邪靈吃下去了？

少年的目光再次轉向澪。

「妳跑來京都做什麼？」

聲音冷峻，卻又好似帶著一股痛楚。

片刻後，澪發現對方是在責怪她，眨了眨眼：

「什麼意——」

她原想反問，卻感覺額間倏地變得冰冷，指頭也好冰。是貧血了。每次被邪靈觸碰，就會這樣。當她察覺不妙時，眼前已經像電視畫面熄掉般，陷入一片漆黑。

睜眼一看，天花板的木紋映入眼簾。澪心神恍惚，一次又一次眨眼，總算發現眼中看到的不是自己房間的天花板，移動眼珠。房間裡很暗。左側是紙門，淡淡地灑入陽光。

澪撐起手肘，慢慢地坐起上半身。她睡在一間空盪盪的大和室裡，約有八張榻榻米大小。沒有任何家具，三面都被紙門圍繞。紙門上畫著竹林和小狗，上方的花板雕刻也是竹子。澪不知道這些元素有何涵義，但看得出極爲奢華。

紙門無聲無息地打開來，澪嚇了一跳。門外站著那名制服少年。他以沒有表情的眼神看向澪，喃喃：「醒了啊。」

「請問……這裡是……？」

嘴巴很乾燥，無法順利出聲。

「我的房子。」

房子──澪環顧室內。

「也不能把妳丟在那裡。」

他懶散地只回了這麼一句。似乎是他把昏倒的澪帶回自己家了。

「啊……謝謝你。」

澪行禮道謝，一邊疑惑少年是怎麼把她帶回來的。

「請問，你是蠱師嗎？」

澪問，少年微微蹙眉。這個動作是出於什麼樣的感情？

「救了我的老虎，是職神吧？」

京都的大馬路上不可能有眞的老虎隨意遛達，眞的老虎也不可能吃掉邪靈。那一定是這名少年的職神。

「我並不是要救妳。」

少年沒有正面回答澪的問題。

「我正在狩獵，剛好妳在那裡罷了。」

「狩獵……？」

是在狩獵邪靈嗎？

「能動的話，就快點回去吧。」

少年冷漠地說完，掉頭就走。澪連忙起身，跟著他離開房間。木板地吱嘎作聲。房間外是一條長長的簷廊，敞開的玻璃門外是一片綠意盎然的庭院。

「等一下。」

澪的呼喚，讓少年停下腳步回頭，默默地用眼神問：『什麼？』

「你是誰？」

明明是個簡單的問題，少年卻定定地看著澪，好半晌沒有作聲。

「——凪、高良。」

他有些猶疑地如此自報姓名。即使聽到這個名字，澪的記憶裡也沒有任何印象。果然是沒見過的陌生人嗎？

「我是不是在哪裡見過你？」

高良應了聲「沒有」，又轉過身去。

「快回去吧。」

他又說了一樣的話。

「就算叫我回去……」

她連玄關在哪裡都不知道。

「這裡是四條大橋附近嗎？要怎麼樣才能回去剛才的地方？我不是京都人——」

「我知道。」

高良話聲剛落，旋即舉起一手。瞬間，一陣強風撲面而來，澪忍不住閉上了眼睛。劇烈的風勢把她向後吹去。

「妳的父母一定竭盡了全力不讓我發現妳，這下全部功虧一簣了。」

她聽見高良的聲音。還來不及問這話是什麼意思，澪的身體已經浮上了空中。

感到雙腳落地時，風也停了。澪當場坐倒在地。睜眼一看，自己身在人行道。是遭到邪靈攻擊的鴨川旁邊的人行道。

地面灼燙。絡繹不絕的車聲很吵，但沒有行人。一名騎自行車的男子訝異地朝坐在地上的澪看了一眼，逕自經過。澪搖搖晃晃地站起來。這時她發現，磨破的膝蓋貼上了ＯＫ繃。是高良為她貼的吧。環顧四周，也不見他的人影。旁邊掉落著澪的鞋子和書包。她一頭霧水地穿好鞋子。

到底是怎麼一回事？發生了什麼事？她完全摸不著頭腦。自己是做了白日夢嗎？

澪還在發呆，這時書包口袋裡的手機震動起來。拿起來一看，是漣打電話來了。

「妳在哪裡？」

一接起電話，劈頭就被這麼問。漣剛才好像也問了一樣的問題。

「京——」

「我知道妳在京都，是問京都的哪裡。我到京都車站了。」

已經過了這麼久？澪大吃一驚。這麼說來，太陽都西傾了。

「四條大橋附近。鴨川旁邊。」

「東西哪一邊？」

「東西……？呃，東邊。」

「好。」

漣簡短地說完，掛斷電話。他做事總是果斷明快。

澪盯著手機螢幕。操作ＡＰＰ，按下通話鍵。沒接。傳訊息。

『妳在哪裡？』

即使盯著螢幕，那則訊息也遲遲沒有變成已讀。澪抬頭四下張望。

——美矢，妳在哪裡？

既然連絡不上，也無從找起。至少要是已讀就好了。

——妳老是一臉理所當然的樣子，獨占麻績學長。

美矢的聲音在耳邊響起。

澪也知道美矢對漣有好感，但摸不準那是真心愛戀、只是有點崇拜、又或者只是順著當下氣氛的玩笑話。

——小澪，妳太奸詐了。

原來美矢是認真的。總是與漣形影不離的澪，對美矢來說就像個眼中釘嗎？

澪把手搭在人行道的扶手上，俯視河川。水流意外地湍急。水面忙碌地映照出陽光，波光粼粼，耀眼極了。

片刻後，一輛計程車在人行道旁停了下來。後車座車門打開，漣走下車來。他飛快地跑到澪的身邊，抓住她的手，就要把她拉進計程車。

「回去了。」

「咦，等一下，美矢還——」

「美矢……西野美矢嗎？妳跟她在一起？」

「她不見了，我連絡不上她。我不能丟下她一個人回去。」

若是詳細說明，會讓狀況變得複雜，因此澪只簡短地這麼交代。漣眉頭深鎖，想了一下，把澪推進車裡：「總之妳先上車。」

「回去京都車站就行了嗎？」計程車司機說，漣訂正說：「不，請開到一乘寺。」

「一乘寺的哪邊？」

「到詩仙堂那裡。」

「好的。」司機駛出車子。

「一乘寺……？為什麼？」

澪問著，腦中浮現地圖，想到那是京都市的東北一帶。

「那裡有我們親戚的公寓。現在立刻回去長野，是可以在晚上到家，但如果要找西野，就趕不上列車班次了。今晚在那裡過夜。爸交代過，如果趕不回來就這麼做，也會先連絡親戚。」

準備萬全。

「……伯父在生氣嗎？」

澪提心吊膽地問。

「連生氣的工夫都沒有。」

回去之後有得瞧了。

「漣兄，先前你說『居然』，是什麼意思？」

「咦？」

「我說我在京都，你不是說『居然』嗎？我跑來京都，會怎麼樣嗎？」

她也想起了高良的話。

『妳的父母一定竭盡了全力不讓我發現妳，這下全功虧一簣了。』

漣一臉凝重，沉默不語。

「漣——」

「京都跟麻績村不一樣。」漣壓低了聲音說。「邪靈的質跟量都天差地遠，也有惡質的古老邪靈。要是被那種玩意兒盯上，可能會應付不了。京都就像是妳的鬼門關。」

「……只是這樣而已？」

漣轉向澪：

「什麼意思？」

澪搖頭：「沒事。」

遇到使喚老虎職神的蠱師少年一事，總覺得不好啓齒。不知爲何，她覺得不能說出來。

計程車不知不覺間從大馬路拐進了小巷。是一條平緩的坡道。

「請停在過那個十字路口的地方。」

漣指示說，計程車停下來。這裡是民宅林立的住宅區。巷弄小得勉強僅容一輛汽車經過，而且比剛才更陡，似乎是條蜿蜒曲折的坡道。下車後回頭一看，市區盡收眼底。

漣回頭折返了一小段路，進入一條小巷。澪跟在後面。那是連車子都進不去的窄巷，兩旁是連綿的老舊木板圍牆。很快地，前方出現一座宛如寺院山門的氣派大門，漣在門前停下腳步。門上掛著看板，陳舊泛黑，難以辨識，但勉強看得出以墨字寫著「紅莊」。

「這裡嗎？」

「對。」

大門敞開著。一腳跨進去，首先是大門近處盛開的百日紅濃烈的紅花鮮艷奪目。深處還有石榴樹，通往玄關的小徑落著朱紅的花朵，就宛如點點紅星灑落一地，美不勝收。玄關旁種植著暗紅色的花朵，澪正思忖「這叫什麼花去了？」，漣出聲「是仙翁」。

「庭院也都是紅色的草木。入秋以後，紅葉就像火燒一樣。所以才叫『紅莊』。」

玄關沒有門鈴。漣毫不遲疑地打開拉門，出聲招呼：「請問有人嗎？」

玄關裡面很寬敞，但陽光照射不到，陰暗涼爽。鞋櫃上有一只玻璃花瓶，插著緋紅的野小百合。

深處的走廊傳來女聲回應「來了」，同時腳步聲靠近，現身的是一名四十多歲的和服女子。修長的單眼皮眼睛予人強悍的印象，不過是個清秀的美人。深藍色的麻料單層和服與白底的獻上帶①搭配十分涼爽，澪想起伯母偶爾也會做這樣的打扮。

「我是麻績村的麻績。」漣報上姓名。「我是漣，這是澪。」他指著澪說。

澪低頭行禮。

「噢，麻績先生——你們父親打過電話來。我是忌部玉青，這間公寓的管理員。請進。」

女子笑也不笑，口氣聽起來也像是冷硬。澪擔心是不是給人家添麻煩了，偷看漣那裡，但漣滿不在乎地進屋了。

「你們父親應該跟你們說過，我們這裡是蠱師專門的公寓。」

玉青一邊領澪和漣入內，一邊如此說明。原來有蠱師專門的公寓？澪有些驚訝。

「這裡不是旅館，所以無法招待什麼，不過餐食只要說一聲，我會準備。今天要吃晚飯嗎？」

註

1：獻上帶為以博多織的紋樣構成的和服腰帶。

「我們得出去找人，請不用麻煩了。請幫我們準備睡的地方就行了。」

「鋪蓋已經準備好了。都在壁櫥裡。——就是這裡，你們睡這個房間吧。」

玉青來到一個房間前，轉過身說。她打開房間的玻璃門後，隨即從走廊離開了。

從經過的地方來看，玄關附近是廚房和起居間等公共區域，這一區似乎是供住宿的地方。不過感覺只是把和室提供給房客而已，玻璃門也只是內側掛上簾子顧及隱私，連門鎖都沒有。入內一看，是各八張和六張榻榻米大的兩個房間相連。可以出去簷廊，簷廊外面似乎就是中庭。屋簷掛著葦簾。落地窗敞開，涼爽的風穿過室內。大和室有矮書桌和矮桌，角落有和式衣架。不管是房間還是家具都很懷舊，或者說年代久遠。書架有一只青磁的單只花瓶，插著紅色的石竹花。

室內有坐墊，澪把它拿到矮桌旁坐下。一坐下來，總算感到肩膀放鬆下來。她喘了一口氣，疲倦頓時壓上全身。

「然後呢？」漣在對面坐下來，凶狠地瞪住澪。「解釋一下到底是怎麼一回事。」

「嗯，好……」

澪在坐墊上跪坐好。這時走廊傳來靠近的腳步聲，玉青探頭進來。

「我端麥茶過來了。還有，這是中午剩下的豆皮壽司。」

吃吧——玉青把整個托盆放到矮桌上，看向澪說：「妳餓了吧？」

聽到這話，澪這才自覺到自己餓了。這麼說來，她沒吃午飯。

盤子上六顆並排的豆皮壽司形狀小巧，豆皮光澤誘人，一看就很好吃。

「謝謝。」

她怎麼會知道我餓了？澪感到訝異，但還是道謝，拿起筷子。玉青一放下托盆，又一陣風似地離開了。好敏捷的人。而且意外地很親切。

「漣兄也要吃嗎？」

「不用。」

漣催促快吃。澪將一顆豆皮壽司送入口中。徹底滲入豆皮的甜味醬汁在口中瀰漫開來，彷彿滲透到疲倦的身體每一個角落。

「好好吃。」

醋飯裡摻了白芝麻。顆粒的口感、芳香的風味和醬汁的甜味眞是天作之合。

「啊，這個有山葵。」

將第二顆放進口中，刺激的辛辣迸發開來。好像摻了切絲的醃山葵。這與甜味的豆皮更是絕配。

也因爲肚子餓了，澪一眨眼就掃光了整盤豆皮壽司。喝了麥茶，喘過一口氣，漸漸恢復可以四處走動的活力了。漣在矮桌托著腮幫子，傻眼地看著澪埋頭吃豆皮壽司的樣子。

「妳本來就跟西野美矢約好要來京都玩？」

澪吃完後，漣開口問道。澪從以前就不擅長井井有條地說明一件事，因此直接回答漣的問題比較快。

「嗯，可是美矢卻不在約好的地方……」

「也連絡不上她？」

「那個時候她有接電話，說她在祇園旁邊的鴨川。可是……她聽起來有點怪怪的……」

澪不知道該怎麼說明才好。

「然後我就連絡不上她了。」

漣訝異地稍稍側頭：

「妳們吵架了？」

「嗯……差不多吧。」

「那，也不用太認眞去找吧？等回去長野了再跟她和好吧。」

「就說她聽起來怪怪的啊。而且我的護身符在她那裡。」

「什麼！」

漣怒目圓睜。很少看到他這麼驚訝的表情。

「什麼意思？護身符現在不在妳身上？」

「我不小心弄掉了，被美矢撿走了。」

「妳啊……居然到現在都沒出事……」

就是出事了。澪稍微別開了目光。漣不可能錯過她的反應。

「出了什麼事是吧？」

「我被攻擊了，可是沒事。」

澪把中間全部省略。漣按住額頭，嘆了一口氣：

「……不能丟下護身符回去。如果護身符在西野身上，反而方便。」

「什麼意思？」

「可以叫我的職神去追。」

「這樣嗎？」

澪都不知道職神還有這項技能。她想起漣那兩頭狼職神，思忖牠們就像警犬一樣嗎？

「妳在想『很像警犬』對吧？」漣瞟了澪一眼。「不是因爲是狼，所以會追蹤，而是因爲祂們就像附在護身符上的職神的小弟。」

「小弟……？可是，護身符不是一隻小狼嗎？」

「大小跟力量無關。」

「是喔……？」

澪覺得不是很懂。

「我們蠱師只是借用職神而已。」

「借用？向誰借用？」

「天白神。」

「啊……」澪點點頭。「我們神社的祭神呢。」

天白神是神麻績神社的祭神。

「沒錯。」漣也點點頭，站了起來。「馬上就找到西野的話，今天就能回去長野，不必在京都過夜。走吧。」

「朧。」

看來漣非常不願意在京都久待。他快步走出和室，澪也跟了上去。

走出紅莊大門後，漣召喚出職神之一。一頭灰褐色的狼現身了。比凪小上一些，神態溫和。

「去找出你的同胞。」

漣摸了一下朧的脖子，朧就像聽懂了，拔腿疾奔。

「不用追上去嗎？」

澪問在原地不動的漣。

「怎麼可能跟得上祂的腳程？祂找到了就會回來通知，在這裡等就行了。」

不過很近——漣說。因爲朧的動作毫不猶豫。

漣猜得沒錯。不到五分鐘，就傳來狼的嗥叫聲。

「是朧。找到了。」

只見漣對著橘紅色的天空仰望片刻，說了聲「那邊」，跑了出去。

彎過巷弄，跑上平緩的坡道。市區就在左邊，因此澪看出應該是在往北前進。

漣和澪跑過住宅區。有時住宅和樹木間會出現古色古香的寺院。跑了一陣子後，住宅變得稀疏，田地變多了。回頭一看，市區和另一頭的山脈全在眼下。澪上氣不接下氣，腳步也變得不穩，快要追不上漣了。她時不時停下腳步調整呼吸，然後再繼續跑。漣屢屢回頭看澪，停下腳步等她。澪揮手示意他先走，但漣不動，最後折了回來。

「妳現在沒有護身符，不要離我太遠。」

漣拉起澪的手往前走。小的時候，漣也是像這樣牽起害怕邪靈的澪的手。

狼的嗥叫聲再次傳來。很近。漣掃視周圍，開始走向分岔出去的石階。兩側樹木茂密，幾乎就像山路。頭頂被枝椏遮蔽，一片濃蔭。蟬鳴聲傾盆而下。

漣頓住了腳。朧就在前方。朧壓低身體，正在低吼。祂威嚇的對象是美矢。

「美矢！」

美矢站在石階中間，俯視著這裡。

「麻績學長也來了啊……」

美矢喃喃自語地說。

「是來找澪的呢。特地從長野跑來京都。」

美矢的視線盯在漣和澪牽在一起的手上。

「西野。」漣出聲。「澪的護身符在妳手上吧？還給她。」

「漣兄！」澪連忙制止。那不是應該第一句說的話。「你先不要說話，我來——」

澪說到一半，一樣東西擊中她的胸口落地。是護身符袋。

晚了一拍，澪才理解到是美矢扔過來的。美矢凶神惡煞地瞪著澪。澪從來沒看過美矢如此猙獰的面孔。

「開口閉口就是澪……！」

澪一驚，全身僵住了。在已是一片陰森的樹林暗處，美矢的腳邊卻變得更加黑暗了。美矢的影子又濃又黑，慢慢地擴散開來。

漣上前一步，把澪護在身後。美矢的影子暴躁地搖晃了一下，膨脹起來，並且冒出黑色的蜃影。

一道鈴聲響起。不是清亮的鈴聲，而是輕盈柔軟、像土鈴的聲音。

如今蜃影已巍峨聳立，把美矢的身影吞沒了。

「我最討厭澪了！」

美矢的聲音傳來。那聲音顫抖、崩潰。

「我一直一直好討厭妳。妳最好消失不見！」

這是詛咒。它化成利刃，插進澪的胸口，再也無法拔出。

已經幾乎覆蓋頭頂的黑色蜃影朝澪壓將而來。「凪！」漣召喚職神。一道鋒利的風捲起，狼撕裂了蜃影。是凪。然而蜃影儘管痛苦掙扎般搖晃，卻沒有消失。漣咋了一下舌頭，抓住澪的手，轉身跑下石階。

「漣兄，美矢怎麼辦……？」

「那不是我能袚除的邪靈。先撤退。」

「怎麼這樣？」澪回頭，然而在黑色的蜃影遮蔽下，她看不見美矢。

「美──」

蜃影逼近澪和漣了。很快地，它開始凝聚成形，出現人的手。很細小的手──澪覺得是小孩子的手。不只一隻。兩隻、三隻，手不斷地冒出來，數十隻纖細扭曲的手伸向澪，手指像蟲子一樣蠕動著，刨抓著虛空。

鈴聲作響。手逼近澪，手指觸碰到髮絲，想要抓住。澪扭身試圖甩開，卻在石階上一腳踩空了。

「啊！」

漣還沒來得及回頭，澪已經往前栽倒，身子拋向半空中。她反射性地放開漣的手，全身撞擊在石階上，往下滾落──應該會是如此。

澪預期到撞擊，緊緊地閉上眼睛，身體感受到的卻是柔軟的毛皮。她沒有滾落，也沒有疼痛。她詫異地睜眼，映入眼簾的是一頭老虎。

「……咦！」

老虎的臉近在眼前。圓滾滾的一雙黑眼倒映出澪的臉。

──這頭老虎是……

「……於菟？」

是高良的職神。好像是這頭老虎搭救了跌落石階的澪。

「澪！」

漣跑了過來，把澪從老虎身上拉開，護在身後，並向後退去。

「漣兄，沒事的，我知道這頭老虎。」

澪說完，環顧四下。她覺得高良應該就在這裡，卻沒看到他的人影，他也沒有要現身的樣子。

「於菟，你的主人在哪裡？」

老虎仰望澪，但只瞥了她一眼，接著頭一甩，縱身一躍。祂只消一跳，便消失在森林裡。

不光是老虎而已。不知不覺間，邪靈和美矢也不見了。

「怎麼回事？」漣望著老虎消失的方向，眉頭糾結。「那個職神……。妳知道那個職神的主人？」

「是他救了我的。」澪迫於無奈，只得坦承。「白天我被邪靈攻擊的時候……」

「是蠱師嗎？」

「應該。年紀和我差不多。」

漣臉色乍變。

「他叫什麼？」

「他說他叫凪高良……」

漣表情扭曲，呻吟起來。

「你認識他？」

「原來早就被發現了。」

「咦？」

「那，就算趕著回去也沒有意義了。」

「什麼……？漣兄你在說什麼？」

「他有跟妳說什麼嗎？」

「……他說什麼……辛苦把我藏起來，卻功虧一簣……」

「可惡！」漣咒罵了一聲。

「到底是怎麼回事？」

漣沉默了一下，若有所思，接著開口：

「那小子是個凶惡的蠱師，妳無論如何都不能被他發現。」

「凶惡……？」

——可是他救了我啊！

雖然本人否認，但至少他照顧了昏倒的澪，還爲她包紮傷口。

「詳情妳問爸吧。總之我們回去吧。」

澪不敢置信：

「回去？可是美矢——」

美矢又不見了。澪不可能拋下朋友回去。

漣表情凝重：

「那已經不是我能應付的了。跟爸商量，請他處理吧。」

「不能應付……怎麼會？」

「太大了。成長到那種程度，應該經過了相當的年歲。那是非常古老的邪靈吧。雖然不知道西野怎麼會被那種東西給纏上。——妳有什麼線索嗎？」

線索。澪回想起來。

「鈴聲……」

「鈴聲？」

「漣兄沒聽到鈴聲嗎？」

漣一臉莫名其妙地搖頭：「沒聽到。」

「我聽到鈴聲。跟美矢通電話的時候，還有在神社的時候，都聽到鈴聲。」

「神社？」

「學校附近的神社。美矢說要去祈願，叫我陪她去，所以我跟她一起去了。」

「咦？怎麼了？」

漣板起臉來，重重地嘆了一口氣。

「……那座神社不是荒廢了嗎？之所以荒廢，是有理由的。那裡祭祀的是荒神。」

「荒神？」

「就是作祟神。明治時代原本應該要跟其他神社合祀拆除，但因為會作祟，結果拆不了，但也沒有氏子②管理，就這麼被丟在那裡了。不過不是那裡祭祀的神明作祟，問題出在進行的神事。」

漣又嘆了一口氣，在石階坐下來。澪跟著在旁邊坐下。

「在古時，那裡每年春天都會舉行神事。冬季期間，依神諭選出的男童會關在神社裡齋戒，等到春天到來，就被殺死。」

「殺……咦？為什麼？」

冷不防冒出來的可怕字眼，把澪嚇了一跳。

「簡而言之，男童會透過齋戒儀式，變成豐穰之神。然後藉由殺害這個神，祈禱新生命萌芽。是死亡與再生。死亡會帶來接下來莫大的恩惠。」

名目上是殺神，實際上被殺的也是男童……會這麼想，是因為澪是現代人嗎？她感受複雜。

「那是古老形式的信仰，所以隨著時代演變，漸漸變得徒具形式。儀式多半都是這樣的，但還是延續不輟。那裡的神事也是，最初是從負責當地祭祀的豪族當中選出男童，但後來只要是當地的男童，什麼人都行，最後變成抓來乞丐的小孩做為犧牲。如此一來，根本就不是神事了。只是以神事之名，殺害孩童而已。」

這樣的話，遇害的孩童眞是情何以堪。絕對會死不瞑目。

「男童在山茶花樹下被斬首，然後埋在地下，藉此帶給土地恩惠。但只是毫無意義地被殺，無法昇華成神的靈魂化成了怨念，不斷地累積在地下。就像是一種詛咒。」

「詛咒……」

——那棵山茶花樹……

用來祈願的山茶花樹，原來有許多男童在那裡慘遭殺害？想到這裡，澪這才又毛骨悚然起來。澪和美矢都站在那棵山茶花樹下，踩著那裡的地面。

「妳說聽到鈴聲？被犧牲的男童們，脖子上都掛著鈴鐺。說是鈴鐺，也不是現代的鈴鐺，而是鐵鐸。是用鐵打成薄薄的圓錐狀大鈴鐺。掛上這種鈴鐺，然後斬首。斬首的時候，鈴鐺發出聲響，宣告神事完成。」

「那，我聽到的鈴聲是……」

註

2：氏子爲隸屬於神社祭祀地區的信徒。

男童被斬首時的聲音。澪不寒而慄。她摩挲手臂。
「……是那些怨念附在了美矢身上？」
「應該是去祈願的時候被纏上了吧。」
「纏上美矢，而不是我？」
「比起妳的體質，更被西野祈願的能量所吸引吧。」
或是澪也在現場，所以誘發了怨靈嗎？漣可能是顧慮到澪的感受，沒有這麼說。
澪抱住了頭。早知道就不該去許什麼願。如果澪沒有跟去，美矢自己一個人一定也不會去的。
「怎麼辦……」
「就說不能怎麼辦了。只能交給爸了。」
「那，在那之前都不管美矢了嗎？」
「那妳又能做什麼？」
澪一時語塞。
「不要爲了自我滿足亂蹚渾水，扯人後腿。」

漣說的完全沒錯，澪無法反駁。漣有時候會這樣。雖然他是對的，但並非所有的事都如此涇渭分明。無處排遣的情緒，像鉛一樣積壓在心口。

想救美矢的話，交給伯父是最好的。澪愛莫能助。但她還是努力想方設法，因爲這樣的話就好像棄朋友不顧，讓她覺得心虛嗎？還是想要說服自己已經盡了人事，好讓自己心安理得？

澪咬住下唇，低下頭去。

——爲什麼我沒有蠱師的力量？

如果自己是強大的蠱師，想要救助美矢，一定是易如反掌。

「再說，人家都說得那麼難聽了，幹嘛還要救她？」

漣牢騷地說。我最討厭妳、妳最好消失！美矢的聲音在腦海中迴響。澪用力抱緊了膝蓋。

「……我不知道她到底是怎麼想的……」

如果只是討厭澪，有太多方法可以跟她斷絕往來。澪自己也是，雖然喜歡美矢，但有時候也覺得她滿討厭的。

「不是百分之百喜歡，就不能算是喜歡嗎？比起美矢剛才那些話，我更相信美矢一直以來對我的態度。」

漣撇過臉去。大概是覺得澪太傻了。

「澪。」

漣把手伸到澪的面前。掌心上放著護身符袋。好像是他撿起來了。

澪接下護身符袋，盯著它看：

「……美矢想要把它丟掉，可是又丟不掉。因爲漣兄叫她還給我，她才還的。」

美矢雖然遭到附身，但並未被操縱，也沒有失去自己的意志。不過，感情的震盪似乎受到邪靈的影響。

「只要冷靜地保護她，避免讓她情緒激動就行了吧？」

「就是很難做到——」

「對漣兄很難吧。爲什麼漣兄不是先擔心美矢的安危，而是先叫她歸還護身符呢？」

這回換成漣語塞了，表情就像啞巴吃黃連。他似乎也有自知之明，就是那步棋走壞了。

「……總之護身符已經拿回來了，而且也找不到西野。」

「怎麼這樣——」

澪正要抗議，這時頭頂落下聲音：

「要找到人很容易吧？」

——這聲音。

澪吃驚地抬頭一看，高良站在一旁樹的高枝上，冷冷地俯視著這裡。

「你是誰？」

漣警覺十足地厲聲一喝，站了起來。但看上去也相當沉著，就好像早就料到對方是什麼來頭。

高良下到地面。身輕如燕，彷彿一點重量也沒有。剛才的老虎從樹後現身，用臉磨蹭高良。高良摸了摸祂的頭，目光轉回澪和漣身上。

「你這個護衛也太兩光了。」

高良看著漣，面露冷笑。兩人年紀相仿，但高良的笑法，讓他看起來老成許多。

澪感覺漣整個人變得像隻刺蝟。

「你是凪高良吧？有什麼事？」

高良沒有回答漣的問題，望向澪。澪站起來問：

「你說『要找到人很容易』，這是什麼意思？」

「澪，不要理他。」漣制止，但澪不理會：

「你可以找到美矢嗎？」

「那麼大的邪靈，不必我出馬，稍有程度的蠱師都能找到。只是這小子太半吊子罷了。」

高良瞥了漣一眼，說他是「這小子」。漣確實還是學生，並非正式的蠱師。

「朧！」

漣召喚職神，拉起澪的手往前跑去。只見朧現身，下一秒身形化開，像一團霧般纏住了高良。是障眼法。

然而只撐了一秒而已。霧氣從中間被吹散開來，就彷彿被劈開一般，其中出現微抬一手的高良身姿。不知怎麼一回事，漣的身體往旁邊一彈，倒在樹林裡。

「——哥哥！」

澪忍不住用小時候的稱呼喊道，跑近漣的身邊。

「哥哥啊？」

高良喃喃道，停下正要靠近的腳步。

「哼，那我就手下留情好了。」

漣坐起來，瞪著高良，也沒有更正是堂兄。高良冷哼一聲，就像在打發小孩子。

澪協助漣站起來，轉向高良。她正視高良的臉，高良卻忽然別開了目光。

雖然高良先前救了澪，對漣卻十分好鬥。澪無法分辨到他到底能不能信賴。

「……你說找得到美矢，是出於善意嗎？還是有什麼企圖？」

「企圖？」高良蹙眉。「沒有什麼善意或企圖，我只是想要那個邪靈。」

「想要……？你想要把那個邪靈怎麼樣？」

「吃掉啊。」

——吃掉？

澪啞然無語。她訝異這是什麼意思，忽然想起白天看到的那一幕。高良把邪靈變成像黑色石頭的東西，吞了下去。

——是指那種行爲？

「對他來說，邪靈就是糧食。」漣呻吟地說。「因爲他是個怪物。」

澪轉向漣：「怪物？」

「哼。」高良意興闌珊地哼了一聲。「皮囊可是人。」

「閉嘴，怪物！」

「只能咒罵的傢伙眞是可悲。不管是以前還是現在，像你這種傢伙都是同一副德行。」

漣的怒意已經瀕臨爆發。看他的表情就知道了。澪交互看了看漣和高良，插口說：

「這樣談不出個結果，那些莫名其妙的事就先擱一邊吧。你找得到美矢是嗎？」

漣和高良同時露出掃興的表情。澪覺得他們其實非常相似。

「找得到。那個邪靈很古老，而且氣息濃重。氣息那麼強烈的邪靈難得一見。」

「你說要吃掉它，那麼你也救得了美矢吧？」

高良面無表情地側頭說：「天曉得。吃掉以後的事，與我無關。」

「若是融合得太深，隨便攻擊，也會傷到西野。」漣插口道。

「那，不要攻擊美矢。」

「什麼？」

澪的要求，讓高良張著嘴怔住了。

「救出美矢就好。接下來交給伯父處理。」

「……要我純帶路？」

「酬勞不會少給你的。」

「我才不要什麼酬勞——」

「邪靈會靠近我。你可以吃那些邪靈，吃到滿意為止。」

澪把手放到自己的胸上說。「澪！」漣厲聲制止。

高良微微瞠目，凝視著澪，很快地瞇起眼睛冷笑：

「不錯喔。」

他轉過身去：「跟我來。」

高良走下石階。雖是步行的步伐，速度卻很快，背影一眨眼就遠離了。澪連忙追上去。漣當然也跟上來。

「妳居然說了最不該說的話……」

「咦？」

「我到底要怎麼跟爸交代……」

漣一臉凝重地嘀咕著。高良對漣或伯父他們而言，應該是個有害的人，但現在的首要之務是保護美矢。內情晚點再瞭解，澪現在急著趕路。

走下石階，來到巷弄，周圍已是日暮時分，西方天際火紅地燃燒著。高良頭也不回，大步流星地往前進。兩人跟著他穿過住宅區裡平緩的坡道，來到一條籬笆和樹木修剪得極美的小路。四下不見人影，一片清幽。

「是曼殊院的參道。」漣說。

高良在參道盡頭停下腳步。正面就是山門。前面有棵楓樹枝葉繁茂，青翠的綠葉反射著夕陽。

楓樹青黑色的陰影投射在山門前的石階上。濃蔭裡，美矢就坐在石階側邊。

「美矢。」

澪出聲叫喚，美矢抬頭。一臉疲憊。

「妳還好嗎？有沒有受傷？」

美矢緩緩地搖頭，澪想要跑過去，被美矢厲聲制止：「不要過來！」她抱住自己的身體，垂下頭去。

「我的影子……好奇怪……我好像被拖著走一樣。身體使不出力。我好累。」

我好怕——美矢聲如細蚊地說。

「我好怕啊，小澪。」

澪慢慢地、避免刺激美矢地走過去，安靜地在她旁邊坐下來。手擱在美矢背上，慢慢地撫摸。

「沒事的，我伯父會想辦法的，在解決之前，讓我陪著妳吧。」

美矢表情扭曲，蜷起背，抱住膝蓋。這讓嬌小的美矢變得更小了。她肩膀顫動，開始抽泣。

「我……對小澪說了很多很刻薄的話……」

澪默默地撫摸美矢的背。

「我好羨慕小澪。我好討厭小澪，可是有多討厭妳，就有多喜歡妳。」

對不起——美矢以淚濕的聲音說。

「沒事的，我懂，我都懂。」

美矢吸起鼻涕：

「我就討厭妳的這種冷靜，可是又好喜歡。」

澪輕笑了一下。

鈴聲響起。

身體倏地緊繃。後頸陣陣刺痛，澪伸手按住。朝腳下一望，她一陣驚愕。

影子變得更濃，正在蠕動。不是美矢的影子，而是澪的。

黑色的蜃影從影子裡升起。——我都忘了，澪驚覺。原本容易招引邪靈的就是自己。

澪站起來，拔腿就跑。如果邪靈離開了美矢，現在正是好機會。就這樣把邪靈綁在自己身上吧——正當澪這麼想，腳踝被猛力一扯，整個人撲倒在地。

「澪！」漣的聲音傳來。抬頭一看，霧氣裡伸出許多小手，團團圍繞住澪的腳。

脖子又一陣疼痛。比剛才更痛。喉嚨好像被堵住一樣，難受極了，無法呼吸。

鈴聲響起。澪用力閉上眼睛，眼底看見一棵山茶花樹。大樹上密密麻麻地開著艷紅的山茶花。樹底下，年幼的男童跪在地上，脖子上掛著圓錐形的鈴鐺狀物體。後方站著一名神主打扮的男子，正舉起手中的東西。

——大刀？

不對——某處傳來否定的聲音。那不是大刀，而是柴刀。柴刀不像大刀，一劈就乾脆地刀起頭落，那等於是把人活生生地一刀刀砍死。愈大量的鮮血澆灌大地，就能帶來愈多的恩惠。

不知何時，恩惠消失，只剩下怨怒滲透大地。更深的怨怒，讓山茶花燃燒得更加火紅。

男童纖細的頸脖顯得異樣地白皙。男子高舉的大柴刀朝那裡揮砍而下。

——住手！

澪赫然睜眼。呼吸不過來。脖子好重。無數隻手纏繞在她的脖子上。她知道漣在大叫，然而腦中充斥著鈴聲，什麼都聽不見。高良——

「妳真的有夠傻，居然故意讓那種東西附身。」

聲音冷冽，卻又帶著一絲溫柔，十分奇妙。

眼前出現高良的腳。他跪下來，朝澪的上方屈身。只見他不急不徐地抓住聚在她脖子的一隻手，強勢將它扯了下來。

伴隨著皮肉斷裂的聲響，幼童的哭喊聲響徹四下。被扯斷的手化成黑色霧氣，隨後變成了石塊。高良把它吞了下去。高良就這樣以蠻力一條條扯下糾纏著澪的邪靈。每扯下一隻手，就爆出幼童的慘叫聲。

澪終於能夠呼吸，嗆咳起來。

「等⋯⋯等一下、喂⋯⋯！」

澪抓住高良逐一拔下邪靈的手。

「你這樣太暴力了吧⋯⋯？」

高良厭煩地看向澪：

「妳在說什麼？不要命了嗎？」

「你沒聽到小孩子的慘叫聲嗎？」

「聽到又怎樣？」

高良丟下這話，手再次伸向澪的脖子。

「等——」

這時，她忽然感到腦袋裡變得一片白茫。

「住手，巫陽！」

不自覺之間，話脫口而出。她不知道自己怎麼會說出這句話。

高良被那話鎮住一般，定住不動了。可能是察覺敵人退縮，邪靈恢復了氣勢。黑色蜃影滾滾升起，形成手的形狀攻擊澪。脖子再次被扼住，澪聽見頸骨發出吱嘎聲響。

——會死掉……

指頭變得冰冷，就好像被罩在黑暗的帳幕裡。腦中想起活不到二十歲的那個詛咒。原來那就是今天？儘管幾乎每天都聽到詛咒，但直到這一刻以前，她都沒有去思考過死亡這回事。她因爲害怕，一直視而不見。

冷極了。而且好黑暗。她迫切地想要光明。

——給我光！

如此祈求的瞬間，裙子口袋熱了起來，就好像那裡突然燒了起來。

——什麼……？

口袋裡放著漣交給她的護身符。

好燙。愈來愈燙。這樣下去會融化的。澪在朦朧的意識中摸索口袋，抓出護身符。

剎那間，強光炸裂開來。澪伏倒在地上。原本掐著她脖子的男童們的手瞬間都放開了。手後退，蜃影萎縮。澪微微睜眼，看向光芒。強光消退，空中飄浮著一團幽幽白光。光就像水母一樣左右搖曳著。

鈴聲響起，但不是先前聽到的那種鈴聲。這音色更加清澈、輕盈。很像風鈴的鈴聲。

光開始緩慢地凝聚成形。是圓錐狀的物體，和男童掛在脖子上的鈴鐺相似，但更要精巧，五、六個就像一串葡萄掛在一起。它們緩緩地左右擺動，發出陣陣清冽的鈴聲。燦光閃爍著。黑色的蜃影鬆散地自邊緣逐漸瓦解。男童們的手變回霧氣，同樣地瓦解消散。每當鈴鐺左右擺動，聖潔的鈴聲與光芒便籠罩四下，使霧氣逐漸淡薄。當發現鈴聲消失時，蜃影也消失得無影無蹤了。

鈴鐺搖身一變，變成了一團幽淡的白色光球，接著一個旋轉，在地面著地。站在那裡的是一隻小白狗——不。

是狼。一頭小狼。狼以漆黑渾圓的眼睛仰望著澪。

「給祂取個名字吧。」

漣的聲音傳來，澪轉向那裡。美矢躺在漣的腳邊，好像昏過去了。四下張望，沒看見高良。漣走了過來。

「祂在等妳爲祂取名。取好名字，祂就是妳的職神了。」

「咦！」澪俯視白狼。白狼一動不動，目不轉睛地注視著澪。

守護自己的白狼。原來眞的存在。祂會成爲自己的職神。

「那、那……雪丸。」

因爲有著一身雪一般潔白的毛皮，所以叫雪丸。

雖然不知道白狼對這個名字作何想法，但祂用鼻子噴了口氣，當場趴伏下來。

「是祂把邪靈一網打盡，祓除乾淨了。凪高良好像也只能撤退了。」

「撤退……」

「因爲他本身就像是邪靈。」

「……他是人吧？」

「那身皮囊是。」

漣轉身回到美矢身邊，澪也走了過去。美矢的表情很平靜，看起來就像正舒服地安睡著。

「美矢沒事吧？」

「邪靈一轉移到妳身上，她就昏過去了。遭到附身，體力和精神都會被消耗。明天早上以前應該都不會醒來吧。」

「她有沒有受傷？」

「看上去沒有。」

「太好了。」澪鬆了一口氣。

漣辛苦地揹起失去意識的美矢。

「好重……」

「不可以這樣跟美矢說喔。」

澪正要踏上歸途，看看腳邊，雪丸已經不見了。澪再次環顧周圍，想要尋找高良的身影，但他已經不見了。

四下即將被淺藍的暮色所籠罩。

一抵達紅莊，澪就貧血昏倒了。她覺得幸好不是倒在路邊。她躺了一下就恢復了。

就像漣說的，隔天早上美矢醒來了。她看起來神清氣爽，說「肚子餓死了」，讓澪放下了心中一塊大石。似乎沒有留下遭到附身的後遺症。

澪向美矢說明，她在祈願的神社被髒東西纏上了。她沒有詳細說明邪靈、蠱師那些，但也許因爲麻績家是神社，說的話很有眞實性，美矢接受了。澪說附在美矢身上的髒東西，已經被漣祓除了。

「我給大家添了許多麻煩呢。眞對不起。」

美矢吃著玉青準備的早飯道歉說。

「不會，妳也算是受到池魚之殃。」

澪用筷子夾斷高湯煎蛋說。

「是嗎？好吧，反正事情都過了。」

美矢一臉不在乎，胃口大開，惹得澪咯咯一笑，把高湯煎蛋夾入口中。伯母做的煎蛋是甜味的，但她覺得這種不甜的煎蛋也很不錯。調味雖然淡，但高湯的鮮味很突出，很好吃。

漣默默地動筷。「麻績學長吃得好優雅。」美矢說。「澪也是。」

「漣兄很神經質，要是把魚吃得亂七八糟，會被他唸喔。」

「這跟神經質有什麼關係？是妳太邋遢。」

澪默默地從漣的盤子上搶走一片醃小黃瓜，丟進嘴裡。漣最喜歡米糠醬菜了。

「不要那麼幼稚好嗎？」

漣瞪了過來，但澪當做沒看到。美矢細細端詳兩人，喃喃道：

「小澪和麻績學長果然不像堂兄妹。更……怎麼說，更要親近。就像一對情侶。」

澪和漣面面相覷。

「噗！」

漣別過臉去，爆笑出來。肩膀在搖晃。美矢第一次看到漣這種反應，瞪圓了眼睛。

「情侶？」

可能是莫名戳中笑點，漣笑個不停。美矢看向澪，似在要求解釋。澪一邊用筷子撥開煎鮭魚的肉，一邊說：「反了啦。」

「咦？反了？」

「妳說的『親近』，方向反了。妳很敏銳，卻總是搞錯方向呢。」

美矢一臉怔愣，眨著眼睛：

「咦……咦？那，難道……」

「我們是兄妹。」漣出聲回答。「哥哥和妹妹。」

美矢手中的筷子掉了下來。她似乎說不出話來，嘴巴一張一合。

「我從來沒有告訴過別人。」

澪也是偶然聽到親戚對話才知道的，不曾當面問過伯父和伯母。

「那……那怎麼會變成堂兄妹？」

「我一出生就被伯父的弟弟收養了。所以我的伯父其實是我生物學上的父親。至於爲什麼被收養，這部分複雜的內情我就不知道了。」

澪看向漣，但漣沒有要開口的樣子。她覺得漣也不知道。

「也就是……小澪是養女？」

澪搖搖頭：

「那樣的話，名義上我的生父生母會是伯父伯母，但不是這樣的。在戶籍上，我是伯父的弟弟夫婦生的。」

「咦……咦咦咦？」美矢的聲音都走了調。「怎麼會這樣？」

「不曉得。可是如果就那樣平安無事，我會在伯父的弟弟夫婦家長大。」

然而，父母因爲事故而喪生了。

「結果我回到伯父伯母身邊……所以變成很複雜的狀況。」

美矢一臉難以接受的表情：

「也就是變回了原本的狀態吧？那爲什麼妳不能變回妳伯父伯母的女兒？」

「唔……」澪歪起頭來。她不知道能不能做到，但即使可以，伯父伯母也不會這麼做吧。她沒有根據，就只是這麼感覺。

「我爸他們是覺得內疚。」漣低聲說道。

「咦？」澪反問。

「我猜的。」

漣沒有再開口。有時候，澪會對毫不猶豫地稱伯父伯母『爸、媽』的漣感到莫名氣憤。澪的父母到現在還是伯父死去的弟弟和弟媳。

「什麼內疚，」美矢重新拿好筷子，插進米糠醃小黃瓜。「那會比小澪的感受更重要嗎？」

漣尷尬地別開了目光。忽然，澪一陣欲泣，嘴唇浮現微笑。

一行人在上午辭別紅莊。在玄關口，玉青以一句簡單的「那，多保重」送別，三人前往大門。大門旁有棵大楓樹，入秋以後，楓紅肯定十分壯觀，但現在綠色的楓葉也很美。陽光將綠意映照得璀璨光輝。片刻間，澪對著散射燦陽的綠葉看得著迷。

「不要再來京都了。」

蟬聲另一頭傳來這樣一句聲音，澪忍不住東張西望。是高良的聲音。四下沒看見他的身影。但剛才的聲音，確實是高良的。

「澪，怎麼了？走吧。」

漣在大門外訝異地催促。「嗯。」澪漫應著，往前走去。停在玄關屋簷的一隻烏鴉飛了起來。

烏鴉高飛，不斷地朝東北方飛去。愈飛愈遠，遠離市區，進入山中。那裡有一棟大宅子。簷廊坐著一名少年。少年把手伸向歸來的烏鴉，烏鴉停到那隻手上。

「辛苦了。」

高良慰勞，烏鴉頓時消失無蹤。

高良走下庭院，眺望眼下的街景。那張臉上看不出任何表情。

澪跪坐在祈禱所的木地板上。腳好痛。從京都回來，無暇喘息，就被叫到這裡來。眼前是默默交抱著手臂的伯父。如果要罵，希望他快點罵。澪最討厭這段「醞釀」了。

「……凪高良。」

伯父慢條斯理地開口。預期會聽到斥責的澪一陣意外。

「他在我們蠱師之間，被稱爲『千年蠱』。」
「千年蠱……？」
「千年是個比喻，代表無比漫長的歲月。」
「喔……」
澪很困惑，只能如此應聲。
「就如同這個名號，凪高良的本性是『蠱』。他是透過詛咒而降生的蠱物。」
蠱物——是用來施蠱的道具。
「可是……他是人吧？」
澪提心吊膽地問，伯父說「皮囊是」。皮囊。確實高良也這樣說過。
伯父沉默了片刻。看似正在思索該從何說起。他放開交抱的手臂，擱到腿上。
「我記得妳社會科選修日本史，對吧？」
「咦？」唐突地換了個話題，澪一陣錯愕。「呃……嗯，是啊。」
「妳知道天武天皇吧？」

「壬申之亂③的？」
伯父點點頭：
「千年蠱就是在那個時候來到這個國家的。」
「來到這個國家？千年蠱是外國人嗎？」
「他是以咒禁師的身分，從中國經過朝鮮半島進來的。咒禁師……就類似蠱師兼醫師。古代的醫療都是這樣的。」
「是喔……？」
「蠱師的源頭也是中國。據說遠比咒禁師更早，是在漢朝的時候傳來的。不過，當然要到更後來，才完全建立起系統。」
「蠱師比咒禁師更早來到日本，是嗎？」
「沒錯。——而千年蠱混進了咒禁師當中。據說識破他的眞面目、直指他是災禍的，就是我們的祖先麻績王。」
「麻績王？」
澪沒聽過這個人，也是第一次聽到有這個祖先。
「麻績王是蠱師之長。然而結果麻績王的建言沒有被採納，他失勢並遭到流放。痲績一族四分五裂，流散各方。許多人投靠全國各地的痲績部，其中一支就是這裡。」

伯父說到「這裡」時，指著下方。

「痲績部就是績痲的人，對吧？」

澪回想起痲績村的歷史。她知道這裡自古以來，就是績痲製線的村子。

「痲是辟邪除穢的植物，和蠱師淵源極深。古時的蠱師都一定會種痲績線。痲績部當中，也有一些全由蠱師所組成。」

「是喔……」澪從來不曉得這段歷史。愈是自家的事就愈陌生。

「呃，可是，那麼久以前的事，跟現在有什麼關係？」

天武天皇的時代，不是七世紀的事了嗎？

「千年蠱是古代中國的咒術者打造出來的蠱物。」

註

3：壬申之亂為發生在壬申年（西元六七二年）的一場內亂，天智天皇之弟大海人皇子，與天皇長子大友皇子爭奪繼承權，最後大友皇子落敗自殺，大海人皇子即位，成為天武天皇。

「咦？古代中國？」歷史更早了。

「春秋時代的楚國——」

「咦、咦？等一下。古代中國是，商、周、秦、漢……」澪屈指背誦中國的朝代。春秋時代在哪裡？」

「在周王朝那時候。」

「眞的好古老喔。」澪粗略地作結說。

「啊，蠱師傳進日本，是漢朝的時候是嗎？比那還要早。」澪發現這件事。

「沒錯。」伯父點了點頭。澪這時才在感嘆：中國的歷史眞的好悠久。

「春秋時代的楚國，有個叫靈均的咒術師。靈均透過詛咒，把一名巫者的死靈變成了蠱物，這就是千年蠱。千年蠱的棘手之處，在於它能夠變換宿主，不斷地復活。」

「復活……」

「簡單地說，就是重生。以人類的身分，一次又一次重生。」

澪隱約看出端倪了。

「千年蠱在各個時代引發各種災禍。前漢有巫蠱之禍，隋代則有貓蠱之禍……。然後它來到了日本。麻績王遭到流放之後，麻績一族設法打倒了千年蟲，但它後來仍一再重生現身，沒完沒了。漸漸地，比起打倒它，蟲師更選擇了保持距離監視它。因爲即使千辛萬苦打倒它，它依舊會復活。爲了打倒它而折損蟲師，損失更大。」

伯父皺眉，不快地這麼說。

「那，」澪開口。「那個凪高良，就是千年蟲現在的樣貌……」

「沒錯。」

「這和我有什麼關係？」

伯父的目光落向木地板。

「千年蟲會吃邪靈。」

「這我聽漣兄說了。」

「千年蟲透過攝取邪靈來獲得力量。京都盤踞著形形色色的新舊邪靈，對它而言，是絕佳的狩獵場。它從以前就經常待在京都。因爲它需要邪靈。——對它而言，沒有比妳更方便的東西了。」

「因爲我不用做什麼，就會吸引邪靈？」

伯父以一聲嘆息代替點頭。

「妳不要再去京都了。絕對。」

伯父交代完，便離開祈禱所了。澪低著頭，盯著木地板。

——只是這樣而已嗎？

澪會招引邪靈。但如果京都的邪靈多到可以當成狩獵場，自己應該也不是對方無論如何都非要不可的東西，沒必要這麼戒慎恐懼吧？

伯父說話時總是正視著澪的眼睛，然而剛才卻垂下了目光。

——裡頭有什麼文章。

但伯父一旦決定不說，就絕對不會透露半個字。

澪站起來，離開祈禱所。她走到神社鳥居，眺望另一頭的群山。周圍全是田地和民宅，沒有高樓大廈，視野開闊。濃烈的藍天，襯得山間的綠意越發鮮活。一陣涼風吹來。京都的那種燠熱就像一場夢。

「妳活不到二十歲。」

討厭的笑聲響起。田埂上有黑色的蜃影幽幽搖曳。它們無法侵入鳥居進來，因此澪滿不在乎，視若無睹。只是，心底深處就像淤泥被攪動一般，一陣濁亂。

澪瞪也似地看著遠山，轉過身去。

「喂，澪！」

一星期後，漣臉色大變地衝進澪的房間。

漣穿著制服。他是考生，所以暑假也都去學校圖書館念書。

「我聽妳們班導說了，妳到底在想什麼？」

澪板起臉來。班導也太大嘴巴了。

「什麼妳要搬去京都——」

澪闔起打開的小冊子，遞給漣。是京都姊妹校的介紹手冊。漣看著它的封面，發出低吼：

「……妳是認真的？」

「我不想死。」

澪旋轉椅面，轉向漣。

「我在京都的時候，被邪靈攻擊，差點死掉不是嗎？這讓我醒悟，我果然還是不想死。」

即使聽到「妳活不到二十歲」的詛咒，也一直覺得事不關己。因爲她認爲如果認眞當一回事，會害怕得再也無法平靜度日。所以她一直不去深思這件事。

可是，實際差點送命，感受到：「啊，我眞的要死了嗎？」她發現自己完全不想死，求生意志強烈得令自己驚訝。既然如此，她不能再逃避下去了。

她必須掙扎，找出怎麼做才能逃過死劫？

因爲她還想活下去。

「我認爲關鍵就在凪高良身上，所以我要去京都。」

澪看著漣的眼睛，斬釘截鐵地說。

「澪……」

漣茫然地喃喃，在澪的床沿坐下來。

「如果有其他方法就告訴我。讓我不用死的方法。」

「……要是有那種方法，我才想知道。」

漣緊緊地握住手冊，垂下頭去。

「妳說，凪高良能為妳做什麼？對妳而言，他完全只是禍害，不可能有幫助。」

「是嗎？關於我跟他的事，我覺得伯父有所隱瞞。」

「爸有所隱瞞……？」

漣知道的內幕，似乎也不比澪聽到的更多。

「任何可以試的方法，我都想試一試。我不想要只是坐以待斃，數著自己還剩下幾年可活。」

漣用力抓亂了頭髮：

「爸不可能會同意。」

「就算伯父不同意，我也要去。父母死後，我一直住在伯父家，就算我搬去別的親戚家，外人也不會覺得有什麼奇怪吧？」

「『別的親戚』，妳是說紅莊的忌部家嗎？」

「我跟玉青伯母討論過，她說紅莊是公寓，只要伯父伯母同意，我搬過去也沒關係。」

「學校怎麼辦？」

「京都的姊妹校在缺額招生，只要參加轉學考，就可以從第二學期開始就讀。老師說依我的成績，應該不會有問題。」

高中的轉學，一般來說條件是舉家搬遷至當地，但姊妹校很有彈性，可以依學生狀況調整。

見澪心意已決，漣嘆了一口氣：

「妳真的跟爸一模一樣。從裡到外都是。」

「……我的臉有那麼臭嗎？」

「我是說一旦決定，就絕不退讓的地方。還有說話的時候盯著對方眼睛看的地方。雖然妳的臭臉跟爸也有得拚啦。」

「漣兄才沒有資格說這種話。」

漣又嘆了一口氣。

暑假進入尾聲時，澪的轉學手續完成了。理所當然，伯父伯母都反對，但面對堅持不退的澪，先是伯母退讓了。伯父直到最後都不贊成，但聽到澪『我不想坐以待斃』的主張，也不說話了。澪把這個決定告訴美矢，美矢哭了，說：「我一定會去找妳玩！」

「特急和新幹線的車票都記得帶了嗎？沒忘記吧？」

在車站月台，伯母擔心地問。從家裡送澪到車站的路上，也不停地問東問西：有沒有忘了這個？那個帶了沒？

「嗯，有帶。」

只有伯母來送行。伯父沒有離開社務所，漣說「反正我也還會去京都」，繼續念他的書。

「替我向忌部家問好。伴手禮帶了嗎？」

「帶了。」

伴手禮是伯母特製的醃野澤菜。聽說是玉青最愛的醃菜。

月台響起電車即將進站的廣播。除了澪以外，似乎沒有其他乘客。伯母開始浮躁起來。

「如果缺什麼，就跟我說，我馬上寄過去。」

「好。」

「京都很熱吧？妳會不會熱著？」

「我自己會小心。」

其實澪眞正想說的不是這些。

——爲什麼把我送給了爸媽的弟弟和弟媳？

就這樣一個問題，卻怎麼也問不出口。因爲是親人，更無法啓齒。

會有問出口的一天嗎？

「記得補充水分——」

「我會的。」

伯母不出聲了。電車駛入月台。澪站到車門前。回頭一看，伯母的表情似哭似笑。

車門開了。

「我眞的不會有事的。——媽。」

乘上電車。車廂裡也沒什麼乘客。

「澪！」

要是回頭，感覺會想要跳下電車，因此澪直視著前方，找到座位坐下來。

車門關閉，列車開始行駛後，她才轉向月台。伯母站在月台上看著澪。電車遠離之後，伯母依然站在那裡。

鐵輪

かなわ

紅莊的早晨總是充滿了誘人的飯菜香。是煎蛋和煎魚的氣味。澪換上連身裙式的水手制服，前往起居間，矮桌上已經準備好早餐了。菜色固定是高湯煎蛋或荷包蛋，配上味噌湯、煎魚以及白飯、醃菜，只有星期天早上吃麵包。今天早上是白蘿蔔味噌湯、煎魚是味醂鰺魚乾、醃菜是醃野澤菜。都是伯母親手做的。

「早安。」

矮桌前坐著一名老人。澪出聲道早，老人便折起正在讀的報紙回應「早」。一頭半白的頭髮理得極短的這名六旬老人，是紅莊的另一名管理員——忌部朝次郎，玉青的丈夫。朝次郎沉默寡言，有種老師傅氣質，讓人不敢隨便攀談。不過澪在這裡住了半個月左右，覺得朝次郎只是看上去嚴肅，似乎並不難相處。星期天早上的麵包就是他烤的。

「今天好像也會很熱。」

玉青端著托盆進入起居間，托盆上是一碗碗盛好的白飯。「到底什麼時候才會開始轉涼呢？但涼沒多久就會變冷了，真討厭。」

搬進這裡的當天，澪發現玉青意外地似乎很愛聊。玉青不太會管對方的回應，幾乎是自顧自地說個不停。可是又會怪對方：「欸，我不是在問你嗎？回個話吧。」教人爲難。

現在坐在餐桌旁的只有這三人。好像有幾名房客，但現在不在。聽說他們以蠱師的身分周遊全國各地，因此經常不在。

吃了口野澤菜，清脆可口，鹹度也恰到好處。雖然說不上來差在哪裡，但這是不同於市售品或別人家的、只屬於麻績家的味道。離家還不到一個月，但澪已經懷念起那裡了。伯母時不時寄來蔬菜和乾貨，前幾天還寄了米。

吃完飯刷完牙，檢查手帕和護身符都在口袋裡，離開紅莊。少了每天早上囉嗦地提醒要帶什麼的漣，澪現在都得自立自強。有時會忘記東西，從玄關折回房間拿。

高中位在鹿谷，哲學之道附近，澪都坐公車上下學。她漸漸看出哪些地方經常有邪靈出沒，因此去公車站的路上，會刻意避開那些地點。但有時遇到邪靈被澪吸引，突然現身，或是在無處可逃的公車裡遇上，就莫可奈何了。就像現在這樣。

焦臭味讓她幾乎無法呼吸。公車裡很窄，而且爲了開冷氣，車窗都緊閉著，因此這種時候實在難熬極了。黑色蜃影在後方車座搖擺著，就在澪站的位置附近。蜃影緩緩搖動，朝澪靠近。隨著距離接近，黑色蜃影開始形成一張臉。是蒼白的臉上貼滿了長髮的女子，髮梢不停地滴著水。

「……雪丸。」

澪在口中低喃，腳邊出現一頭小白狼。雪丸像狗一樣吠叫一聲，聲音就像柴犬。

雪丸一叫，女邪靈就像受驚般消失無蹤。這只是把她嚇跑了，並不是祓除了。不過現在這樣就夠了。

可以像這樣召喚出雪丸後，澪輕鬆了不少。因爲雪丸只是像剛才那樣一叫，就可以趕跑弱小的邪靈。雖然也有許多趕不走的邪靈，而且召喚前就遭到攻擊的話，就只能逃跑。

澪下了公車，前往學校。許多穿著同款制服的女生一樣往學校走去。澪轉入的學校和長野的學校不同，是一所女校。她無法想像全是女生的學校會是什麼情況，原本嚴陣以待，但實際就讀，和長野的學校也沒有多大的不同，讓她有些鬆了一口氣。但是在不上不下的時期轉學進來的學生依然是異物。也因爲受到邪靈影響，澪經常身體不適而請假休息，到現在都還沒有交到像樣的朋友。但也並非遭到排擠或刁難，所以她覺得無所謂。也因爲眼下澪最關心的就是該如何解開自身的詛咒，因此無暇顧及其他面向。

在樓梯口遇到同班同學，打過招呼便擦身而過，走上階梯。澪看見前方的女生腳踝上纏繞著黑色的蜃影，以沒有人聽得見的聲音低喚：「雪丸。」雪丸叫了一聲，蜃影散去，但那個女生就像腳被扯了一下，踩空了階梯。「哇！」女生尖叫，失去了平衡，澪扶住她的肩膀。

「……妳還好嗎？」

「咦？啊，嗯。」

女生睜圓了眼睛。「謝——」她正要道謝，但澪已經走上樓梯了。做錯了。應該等人走上階梯再召喚雪丸的。澪還不夠瞭解邪靈。

走進教室。澪的座位在窗邊角落。只有那裡有空位。

坐下來以後，從書包取出課本和筆記本，這時隔壁座位的女生來了。是小倉茉奈。茉奈留短髮，眼睛像松鼠一樣滴溜溜的，看起來很靈敏。澪覺得她很像田徑選手，結果她還眞的是田徑隊的。聽說是短跑選手。

「早。」茉奈隨口打招呼，澪也回了聲「早」。她原想展露笑容，表情卻僵住了。

因為茉奈的口袋聚著一團黑色蜃影。

「妳的口袋裡有什麼嗎？」

她忍不住問了。

「嘿？」茉奈愣了一下，立刻說「噢，這個嗎？」從口袋裡取出一樣東西，是薄薄的小粉盒。打開有如大珠母貝的白色蓋子，裡面是鏡子。

「是彩香阿姨掉了，我撿起來的。啊，彩香阿姨是我們家鄰居，落合先生的太太。彩香阿姨去丟垃圾的時候我遇到她，就是那個時候掉的。我想說追上去還給她會遲到，就先收起來了，打算放學以後再拿去還她……啊，如果是很重要的東西怎麼辦？她會不會正在找？唔，算了，道個歉就好了吧。呃，道歉也很怪喔？」

茉奈一口氣說上一大串，不過澪幾乎沒在聽。因為她看見茉奈手中的鏡子密密麻麻地纏繞著黑色的頭髮。當然，茉奈應該看不見。

「麻績同學？怎麼了，這東西怎麼了嗎？」

「啊……沒事。」這實在是難以解釋。澪回以僵硬的笑。

居然帶著那種東西，那個鄰居彩香阿姨到底是什麼人？

——是被邪靈附身了嗎？

或者有問題的只有鏡子？澪不是蠱師，所以無法判斷。但可以因爲不清楚就置之不理嗎？不過澪又無能爲力。而且她還有其他要事要處理，沒空去管別人的閒事。

這一整天，澪都爲這件事苦惱不已。經過一番左思右想，放學後，她向正在收拾東西準備回家的茉奈攀談：

「那個，小倉同學。」

「什麼事？」茉奈停手看澪。

「妳現在要去歸還撿到的隨身鏡吧？」

「嗯，今天沒有社團練習，我現在就要過去。」

「那，呃，我也可以一起去嗎？」

「嘿？」茉奈睜圓了眼睛。「爲什麼？」

「喔，我想知道那個隨身鏡是哪個牌子的。我覺得跟我過世的母親用的鏡子很像，如果知道是在哪裡買的，我也想買一個。」

澪結結巴巴地說出今天努力想了一整天的藉口。當然是假的。

茉奈依然兩眼圓睜，直盯著澪。這藉口太假了嗎？澪正在緊張，結果茉奈說：

「好啊，沒問題，我們一起去吧。」

澪鬆了一口氣。茉奈也沒有特別起疑的樣子，說「我家離學校很近，就在哲學之道北邊。落合家也在那附近」，往門口走去。

「麻績同學家在哪邊？很近嗎？」

「在一乘寺。也不是我家，我寄住在親戚家。」

「啊，這樣啊。」

兩人經過放學的學生們鬧哄哄地來來去去的走廊，在樓梯口換上鞋子，走出外面。

「一乘寺的話，妳吃過拉麵了嗎？那裡有很多拉麵店吧？」

「咦？還沒。」原來一乘寺那一帶的拉麵很有名嗎？澪現在才知道。

「太可惜了吧。不過我也沒去吃過，懶得去那邊。」

茉奈開朗地笑了。她的笑容很燦爛，就像夏天的太陽。

「麻績同學是長野來的對嗎？已經四處觀光過了嗎？」

「沒有。」因爲不曉得會在哪裡突然遇到邪靈，澪都盡量避免外出走動。

「人超多的嘛。可是還是比櫻花或楓葉季的時候好多了。」

而且天氣熱死了。

彎過離開學校的路，進入河邊的小巷子。是哲學之道。這是條綠意盎然的閑靜道路，不知是因爲正值平日午後，還是太熱，路上不見人影。有時和像是觀光客的人錯身而過，看見樹蔭下躺著貓咪。才發現一隻貓，樹叢又冒出另一隻貓，橫越前方。每一隻貓都很自在。氣氛好悠閒。

茉奈聊了一陣子學校餐廳什麼東西好吃、老師的風評等等，笑道：「我一直很想跟麻績同學聊天說。」

「爲什麼？」

「妳看起來很孤高，或者說一個人也滿不在乎，我覺得很酷。可是又讓人不敢靠近，不好意思隨便攀談。」

「……從以前就常有人說，不敢跟我說話……」

但澪自以為已經很隨和了。看來只是「自以為」而已。

茉奈說個不停，但不會追問澪為什麼轉學、家庭狀況等私人問題。澪發現這件事，察覺茉奈意外地纖細入微。不，說意外太沒禮貌嗎？

「落合家在這邊。」茉奈指著，進入巷弄。是住宅區，有古老的日式房屋，也有新穎的現代風格人家。茉奈在其中一戶透天厝前停下腳步，是新穎的那一棟。外觀就像個四方形盒子，白牆顯得十分時尚。庭院入口有玫瑰拱門，但可能沒怎麼整理，外形走樣，花也都枯了，卻置之不理。

茉奈按下門鈴。一會兒後，傳來女人的回應聲：「哪位？」

「午安。」茉奈打招呼說。「啊，茉奈！」應聲之後，玄關門打開來，一名三十多歲的清瘦女子現身。她穿著條紋T恤和牛仔褲，打扮輕便，頭髮是及肩的鮑伯頭。雖然笑吟吟的，但素著一張臉，看上去有些落寞。也許是因為睡眠不足，臉上掛著黑眼圈，眼皮浮腫。

「妳放學了？怎麼了？」

說話口氣很爽朗，然而澪卻想要後退逃跑。不是對方的緣故，而是因為她身後那團又黑又濃的蜃影。

從玄關到屋內，充斥著黑色的蜃影。霧氣也纏繞在她的手腳上。
「我今天早上撿到這個，是彩香阿姨的東西對吧？」
茉奈遞出鏡子。
「啊。」彩香睜大眼睛。「對，是我的。原來掉了啊。謝謝妳。」
茉奈把鏡子交給彩香，瞄了澪一眼。彩香察覺，問：「妳朋友嗎？」
「嗯，不久前剛轉學進來的同學。她說想問一下這個鏡子的事。對吧？」
茉奈幫忙引線，澪開口：
「我過世的母親有個跟這個很像的隨身鏡，所以我想知道是在哪裡買的。因爲我母親的隨身鏡已經不見了……」
澪不敢正視邪靈，低著頭說話。
「這樣啊，妳媽媽的……」彩香同情地說。「可是對不起，我也不知道耶。說是我的鏡子，其實本來是別人的，那個人過世了，是她留下來的遺物，所以我也不知道是在哪裡買的。」
彩香再次道歉說「對不起喔」。澪連忙搖頭說「不會」。撒謊卻被道歉，她實在過意不去。

——遺物的鏡子啊……

所以死者的執著才糾纏不去嗎？

「那個，我問個冒昧的問題，」澪提心吊膽地開口。「阿姨收到這個隨身鏡以後，有沒有發生什麼奇怪的事、或是遇到問題……？」

「咦？」彩香皺眉。「什麼意思？」

這個問題「冒昧」過頭了嗎？澪收回問題：「沒事。」

說話期間，黑色蜃影也瀰漫在周遭，一點一滴想要逼近澪，澪猶豫要不要召喚雪丸。就算在這時候驅散邪靈，或許它又會回來。若不徹底祓除，應該沒有意義。

澪雖然可以靠雪丸暫時驅離邪靈，但還沒辦法像上次那樣，讓雪丸變成一串鈴鐺，祓除邪靈。她連當時是怎麼做到的都不知道。

這戶人家顯然很不對勁，然而現在的澪卻愛莫能助。

因爲也不能繼續賴著不走，澪和茉奈一起離開玄關。

「妳剛才怎麼會那樣問？」茉奈一臉奇異。

澪含糊地回答：「哦，就覺得拿到過世的人的物品，有時好像也會有那種情形……」

「啊——」意外的是，茉奈恍然大悟地點點頭。到了隔天，澪得知了她那聲「啊——」是什麼意思。

回到紅莊的澪，正要經過起居間旁邊，又折了回去。朝次郎正坐在起居間看雜誌。好像在抄寫麵包的食譜。

「不好意思……」

澪客氣地出聲，朝次郎抬頭：「啊，妳回來了。」

朝次郎的嗓音就如同外表，滄桑沉穩。「我回來了。」澪回應，接著問：

「請問現在方便嗎？」

朝次郎有些訝異地眨了眨眼，摘下臉上的老花眼鏡：

「方便啊，怎麼了？」

朝次郎惜字如金。澪在他對面坐下來：

「今天早上，我們班的女生撿到一個隨身鏡——」

澪說明那個充滿邪靈的家，還有鏡子上纏繞著頭髮、鏡子是死者遺物的事。

「我不知道是不是這個緣故，彩香阿姨看起來睡眠不足，臉色也很差……我覺得好像不能袖手旁觀……」

朝次郎微微側頭，沒什麼地說：

「人家並沒有求救吧？既然如此，蠱師也無能爲力。」

「是這樣沒錯……」澪早有預期會得到這樣的回應。「可是，萬一彩香阿姨因此出事，不是會讓人良心不安嗎？」

澪坦承心聲，朝次郎目不轉睛地看著她，露出笑容。他一笑，整個人頓時變得柔和許多。

「妳真是直率。可是，這個世界就是這樣的。不管蠱師是否出手干涉，世上盡是些令人心裡不舒坦的事。就算蠱師多管閒事，也只會惹得對方嫌雞婆。」

「喔……」

果然如此嗎？

「可是，鏡子啊……」朝次郎托起腮幫子喃喃道。「那樣的話……」他指向起居間深處。是住宿區的方向。

「今天有個房客回來了。他叫麻生田，算得上麻績的親戚。麻生田八尋。」朝次郎在筆記本寫下名字給澪看。「八尋可能會感興趣，但也可能沒興趣。因爲他這個人只關心有沒有賺頭。」

妳可以跟他說說看——聽到朝次郎這麼說，澪前往那位名叫麻生田八尋的蟲師住宿的房間。比澪的房間更裡面。玻璃門一樣掛著簾子。澪從走廊打招呼：

「麻生田先生，不好意思，打擾一下。」

「什麼事？」

玻璃門一下子打開來，眼前冒出淡綠色的襯衫胸口。澪在女生裡面算是高的，但這名青年比她高上許多。瘦骨嶙峋，修修長長，大概三十多歲。

青年看到澪，愣住：

「咦？妳是誰？」

「你是麻生田八尋先生嗎？我是麻績澪。聽說我們是親戚。」

「喔，麻績家的……」

八尋露出瞭然的神情，搔了搔頭。也許正在睡覺，頭髮亂糟糟的。

「聽說妳轉學到這邊的高中？玉青嫂好像是這樣說的。說是親戚，也是遠親吧。麻生田家在員弁。啊，說員弁，妳也不曉得在哪裡吧。在三重縣。三重北邊。」

「喔……」不是很清楚。

「妳是麻績村人吧？我去過麻績村喔。諏訪那一帶。為了我的興趣。」

「興趣……？」

「我的興趣是研究民俗學。雖然想當成本行，但賺不了錢。」

八尋輕浮地一笑，澪端詳他那張臉。看上去是個不錯的青年，卻讓人覺得有些可疑。

「啊，對了，妳找我有事？」

「對。」澪重新打起精神，說：「我想跟麻生田叔叔商量一件事。」

「商量？是委託的話我就答應。」

「委託？」

「名為商量的事，從來不會是好事。多半都是叫人當免費義工。」

「……」

「唔，好吧，看在親戚的情分上，我就姑且聽之好了。」

八尋回望房間，搔了搔頭說「也不好要女孩子進來男人的房間呢」，出來走廊。澪明白八尋的頭髮爲什麼會這麼亂了。因爲他有抓頭髮的習慣。

「去簷廊吧。」

八尋催促澪，先往前走去。彎過走廊，就來到面對庭院的簷廊。木槿、雞冠花、地榆……各種紅花在綠意襯托下顯得格外嬌艷。尤其是雞冠花，宛如熊熊燃燒的火焰。也有楓樹和紅滿天星，到了晚秋，眼前這片院子一定會染成一片火紅吧。

八尋在簷廊坐下來。澪也跟著這麼做。

「妳要商量什麼?」八尋催促，澪把告訴朝次郎的內容又說了一遍。

「唉，看吧，果然是這種鳥事。」

八尋聽完，排斥萬分地板起了面孔。

「朝次郎伯伯說，麻生田叔叔或許會有興趣……」

「那個老頭，居然把麻煩甩給我。」

八尋咒罵，用力搔頭。

「鏡子加頭髮，光聽就很陰險啊。跟詛咒有關吧。我討厭那種陰險的詛咒，比較喜歡古老的詛咒。」

「詛咒不是都很陰險嗎……？」

「如果是古老家族的夙怨、作祟那些，我還比較起勁一點。」

澪回想起落合家：「那戶人家很新。至少建築物很新。」

「眞沒意思。」

八尋不感興趣地撇過頭去。

「麻生田叔叔說詛咒，表示有人詛咒了那戶人家呢。可是彩香阿姨說那個隨身鏡不是她的，是過世的人的遺物。會不會不是詛咒，而是過世的人的執念那些？」

「遺物啊……」八尋喃喃道。「應該不是親人的遺物吧？」

「咦？這我就不清楚了。」

「如果是母親或姊妹留下來的東西，應該會這樣說。」

「唔，或許吧。」

「而且，鏡子啊……。鏡子是靈魂的容器，不是好東西。鏡子雖然也可以驅邪，但也會招引壞東西。不曉得到底有什麼鬼東西附在上頭。」
「喔……那，可以建議她把鏡子丟掉嗎？」
「要建議妳自己去建議，不關我的事。」
「我只是個不認識的學生，要怎麼說才好？跟她說『那個鏡子丟掉比較好』嗎？」
「我來說還不是一樣？應該說，我這個陌生人突然上門說那種話，反而更恐怖吧。要知道，蠱師可不是推銷員，不會自個兒上門替人驅邪的，得有人介紹才行。就算自告奮勇幫忙驅邪，也只會讓對方害怕、嫌多事，拿不到半毛錢。」
不行啦不行啦——八尋搧著手說。澪嘆氣：這下沒轍了。
距離天黑還有時間。趁今天趕快解決好了，澪這麼想，向廚房的玉青招呼：
「玉青伯母，我可以借一下自行車嗎？」
「可以啊。妳要去哪？」
「去一下哲學之道那裡。」

「要在天黑以前回來啊。小心坡道。」

「會的。」

廚房飄來醬油和高湯的氣味。玉青在削小芋頭，澪推測晚餐可能是燉小芋頭。

澪借了停在玄關旁邊的自行車，騎下坡道。來到白川大道，不停地往南騎。經過今出川大道十字路口時，拐進旁邊的小路。記得是在這一帶——澪東張西望尋找落合家。

——找到了。

時尚的白牆房屋。澪停下自行車，按下門鈴。彩香一臉訝異地打開玄關門。

「忘記什麼東西嗎？」

「不是，那個……」澪用手背揩去額頭的汗水，尋思該怎麼說才好。「剛才那個隨身鏡，最好不要留在身邊。」

會太沒頭沒腦嗎？澪看向彩香，只見彩香滿臉不悅，表情扭曲。

「……妳是聽茉奈說了什麼嗎？」

「咦？」

「我知道附近街坊都怎麼說我。無憑無據的淨說些瞎話，真的讓人很不舒服。」

——這到底是在說什麼？

澪怔在原地，但若是彩香誤會——誤會茉奈就糟了。

「我不清楚阿姨在說什麼，但小倉同學沒有跟我說什麼。小倉同學不是那種會到處八卦的人。」

應該不是吧——雖然澪還不太瞭解茉奈，不過應該吧。

彩香沉默，按住了額頭。臉色很差。

「這樣……也是。如果不是的話，我得道個歉。是我太武斷了……」

「阿姨，妳的臉色不太好，妳有好好睡覺嗎？」

「有點睡眠不足。沒事的，這點事死不了人。」

彩香無力地笑，抓住門把：

「已經沒事了吧？我累了……」

「啊……是。抱歉打擾了。」

門碰一聲關上了。屋內傳來鎖門的聲音。

——不懂到底是怎麼一回事。

但自己似乎觸碰到對方不願被觸碰的事。

——雖然知道和那個隨身鏡有關……

彩香和據說過世的原主之間發生過什麼事嗎？澪努力思考，卻苦無推測的材料。

先回去吧。澪騎上自行車。正要轉彎的時候，一道黑影竄過前方，澪連忙閃避，失去平衡，連同自行車一起倒地了。

「好痛……」

手肘熱辣辣地發疼。澪想要起身，全身僵住了。一團黑色蜃影就盤踞在眼前。

「雪——」

正要召喚雪丸時，蜃影猛地撲向了澪。澪忍不住閉上眼睛，縮起身體，然而卻沒有邪靈襲擊上來的衝擊。她怯怯地睜眼，和老虎對上眼了。

「……啊！」

一頭大老虎正踩著邪靈。「於菟！」澪高呼，但老虎沒有反應。

於菟耳朵一抖，臉轉向一旁。澪也跟著轉過去，看見高良正走了過來。

自從暑假以後，這是兩人第一次見面。高良眉頭深鎖看著澪。

「謝謝你救——」

「妳怎麼又跑來京都了？」

高良的聲音凌厲得就像要把人一掌打下去。一開口就是拒人千里之外的口氣，澪也動氣了：

「我搬到這裡了。」

高良咋了一下舌頭：

「居然蠢成這樣。」

——蠢？

高良的口氣總是冷漠到家。他到底為什麼要對澪如此尖酸刻薄？

「為什麼？因為我不想死，所以才會來這裡。我來尋找不用死掉的方法。」

澪斬截地說，高良沉默了。澪扶起自行車站好，拍掉裙子上的泥土。

「你知道什麼對吧？要怎麼做，才能解開我身上『不能活到二十歲』的詛咒？」

澪一直想見到高良。不，非見到他不可。他應該知道什麼。

「你是我的什麼人？你從以前就知道我了嗎？你住在哪裡？為什麼要救我？」

高良對澪的問話半點反應也沒有，面無表情，彷彿充耳不聞，這讓澪氣憤起來，連珠炮似地追問不休。

澪一閉上嘴巴，高良便皺起眉頭，喃喃自語了一句：

「……這女的有夠吵……」

都聽到了。

「喂！」

高良轉過身去，就這樣大步離去。於菟跟在後面。「等一下！」澪叫住他，他卻不屑一顧。澪牽著自行車，連忙追上去。高良和於菟拐進巷子，澪也跟著進入巷子，他們卻早已消失得無影無蹤。

「咦！……怎麼會……」

澪呆若木雞。巷子兩側被石牆阻擋，也沒有任何可以藏身的岔路，到底是跑去哪裡了？

「……氣死人了！」

澪無可奈何，咬牙切齒。巷子裡一片昏暗。不知不覺間，夕陽西下，天空逐漸染上了深紫色。天邊分成了橙色與群青色。

與其嫌吵落跑，一開始何必現身在澪的面前？高良總是會在澪的危機時刻現身搭救。而且每一次都滿臉厭煩地。

澪回到紅莊，向玉青謝謝她出借自行車，結果玉青驚呼一聲：「妳的手肘！」接著衝到起居間去了。看看手肘，磨破流血了。好像是跌倒時受了傷。難怪覺得痛。

澪在起居間讓玉青包紮，這時八尋過來了。他一看到澪的傷，立刻發出奇怪的慘叫聲：

「妳那是怎麼了？」

「騎自行車跌倒了。」玉青搶先澪回答。「她說有一戶人家有邪靈，她很擔心，過去看了一下。」

「咦？什麼？鏡子那一家嗎？是那一家的人害的嗎？」

「不是的。」

澪否定說，然而八尋卻一臉蒼白地盯著澪的手肘。

「只是流了一點血，不是什麼嚴重的傷。」

「不不不，很痛吧？洗澡的時候會超痛的。天哪。」

「沒事的。」

澪從小就經常遭到邪靈追趕跌倒，因此擦傷對她不算什麼。

玉青狠狠地瞪了八尋一眼：

「要是你跟著一起去，小澪就不會受傷了。聽說人家向你求助，你卻撒手不管？把問題推給高中生一個人去扛，枉費你還是個大人。」

「呃，咦……可是那是、一開始是朝次郎叔先推給我的……」八尋望向在房間角落看晚報的朝次郎。朝次郎敏捷地閃開目光。「啊，欸，很奸詐耶！」

被玉青一瞪，八尋垂下頭來：「……對不起。」

「那個，我跌倒是為了別的原因……」澪說，但玉青說「不是這個問題」。

「人家把孩子交給我們，我們身爲大人，有責任把人家照顧好。萬一出了什麼事，是要怎麼跟人家家長交代？」

玉青包紮完畢後，收起急救箱。

「八尋，你要好好負起責任。都是你害小澪受傷的。」

不，我受傷不是他的責任……澪這麼想，但八尋乖乖應聲「是」。

玉青說她還在準備晚飯，回去廚房了。八尋重新轉向澪：

「對不起啊。明天我再陪妳去那戶姓落合的人家。」他搔著頭說。

雖然莫名其妙，但澪知道八尋願意出面了。

這就叫塞翁失馬，焉知非福嗎？澪心想。

隔天早上，澪一到學校，茉奈就把整個椅子挪近澪的座位說：「欸欸，今天早上，彩香阿姨叫住我說。」

連茉奈都被責怪了嗎？澪如此擔心，但似乎不是。

「阿姨跟我道歉，說對妳太凶了。還說她以爲是我跟妳說了她的八卦，也爲這件事向我道歉。我是搞不懂怎麼一回事啦，不過麻績同學，昨天妳後來又跑去彩香阿姨家嗎?」

澪點點頭:「那個鏡子還是讓我有些在意……」

茉奈微微歪頭,一副不是很懂的樣子。澪尋找藉口:

「那個……其實我家是神社,所以怎麼說,過世的人留下的鏡子……」澪一邊說,一邊想起了八尋跟她說過的內容。「對,鏡子其實不太好。我親戚告訴過我,說鏡子是靈魂的容器。」

「咦!」澪說得非常模糊,但茉奈發出眞心佩服的聲音。「是這樣嗎?我都不知道。」

「彩香阿姨的氣色看起來也很糟,所以我懷疑是不是那個鏡子有什麼問題。」

「對啊,眞的。」茉奈連點了好幾下頭。「彩香阿姨很沒精神對吧?我本來以爲是流言的關係——」

說到一半,茉奈露出爲難的表情:

「阿姨說妳替我說話,說我不是那種會亂八卦的女生?被妳這樣稱讚,這件事我就不好說了耶。可是,唔,我也不想要妳把我想得太完美。我又不是那種乖寶寶模範生嘛。」

茉奈調皮地笑了。

「不到處八卦，是一種處世手段。其實以前我吃過一次苦頭。畢竟內容不曉得會怎麼傳，傳到自己都變成壞人了。」

茉奈爽脆地說，看上去神清氣爽。

「然後，說到讓彩香阿姨困擾的流言，是因爲彩香阿姨是後妻。」

「後妻。」

不是日常生活中會聽到的詞彙。

「落合先生的前妻生病過世了。兩年前過世的。彩香阿姨是半年前跟落合先生結婚的，可是她本來是落合先生的前妻，友加里太太的朋友。她經常去探望生病住院的友加里太太，友加里太太擔心家裡的事、先生的三餐等等，所以彩香阿姨後來也幫忙照顧這些事。友加里太太過世以後，彩香阿姨也繼續去叔叔家，然後兩人結婚了。」

茉奈瞄了一下澪的臉：

「妳懂嗎？」

「啊……唔，大概看出來了。」

看出八卦會是怎樣的內容。

「人家都說，他們兩個一定是在友加里太太生前就有一腿。」

「很老套呢。」

「是怎樣都無所謂，」茉奈厭煩地嘆氣。「反正跟我也沒關係。這個八卦還是我媽跟我說的呢，眞受不了。」

「所以彩香阿姨也覺得受夠了呢。」

「她好像變得相當神經質。」

茉奈說，不管是友加里還是彩香，雙方都僅止於鄰居關係，她並不會特別支持誰。

「那棟房子很新對吧？在我小時候，那裡一直是一間老舊的空屋，後來可能終於賣掉了，拆掉舊房子蓋了那棟屋子。全新成屋。然後落合夫妻從外地搬到那裡。記得他們好像本來住在城陽那一帶吧，所以我不太清楚。」

「這樣啊……」

聽茉奈的口吻，總讓人覺得她把落合夫妻視爲外地人。會有這種感覺，是因為澪也一樣是外地人嗎？

「……我跟彩香阿姨說，最好不要把那個隨身鏡留在身邊，她很生氣，問我是聽到了流言嗎？這麼說的話，那個隨身鏡……」

「是友加里阿姨的遺物嗎？」

「果然。」

澪說著，想起纏繞在鏡子上的頭髮。

——那是遺物。

感覺肚腹無端地一陣冰涼。

放學後，澪走路前往哲學之道。她和八尋約在那裡。

沿著河邊的路往北走，八尋從一家咖啡廳揮手走了出來。這一帶有不少氣氛很棒的咖啡廳，但澪還沒有去過。八尋穿白襯衫，外罩亞麻西裝外套，底下是米色長褲，看上去就是個清爽耿直的青年。

「落合家在哪裡？」

「再往北邊一點。」

「快走吧。跟女高中生走在一起，感覺會被警察攔下來盤問，很可怕。」
「要是被警察盤問，你要回答你是做什麼的？」
「民俗學者。」
澪覺得這個答案一樣很可疑。
「蠱師總共有多少人呢？」
和八尋的共同話題就只有蠱師，因此澪提出這個問題。
「不曉得。蠱師並不是有執照或宗師的團體。各家族應該掌握了大致上的數目，但應該也有疏漏。畢竟麻績王遭到流放的時候，蠱師四散到全國各地了嘛。」
「啊……這麼說來，我聽過這件事。」
「因爲這樣，各地都流傳著麻績王的貴種流離譚④，像《萬葉集》、《風土記》⑤那些都有記錄。與各地的麻績有交流的漁民會把它傳播到各地。因爲漁民會變換漁場。」
「是喔……」貴種流離譚是什麼去了？澪邊聽邊納悶。
「至於爲什麼是漁民，因爲做魚網需要用到麻線。是在交易麻線的時候有所交流吧。麻是萬能的材料，任何地方都需要，因此不乏交易。居住在截然不同的領域的人與文化能夠串連在一起，都多虧了交易。從大海到陸地、從陸地到山間——」

若是放任他說，感覺會朝民俗方向說到天荒地老，澪插口：

「那，蠱師有繳稅嗎？」

八尋腳下一絆，差點沒跌倒。

「當然有！少說那種損人的話。蠱師就像是一種宗教人士，也是有人組織宗教法人。是說，人家在談論充滿歷史情懷的事，不要搬出現實來澆冷水好嗎？」

「可是，我想現實問題比較有參考價值。」

「妳也太勢利了。」

註 4：貴種流離譚爲民俗學家折口信夫命名的一種故事形式，指貴人歷經顛沛流離，克服考驗，衣錦還鄉的故事類型。

註 5：《萬葉集》是奈良時代（八世紀）的歌集，《風土記》則是奈良時代的地誌。

「不過說要參考，我連能不能活到二十歲都不知道。」

一陣沉默。

「我說笑的。」澪說。

「要……要開也開幽默一點的玩笑。」

八尋的臉都僵了。

「麻生田叔叔知道我活不到二十歲呢。」

「這個嘛，唔……」八尋窮於回答地搔了搔頭。

「玉青伯母她們也都知道嗎？」

「知道吧，親戚嘛。」

「那，凪高良呢？你知道他嗎？」

「當然了……他是千年蠱，又是商業敵人。」

「商業敵人？」

「他在那個圈子，是赫赫有名的蠱師。聽說政經界的名人也都會求助於他，想必一定賺了不少，眞羡——啊，不，沒事。」

「可是他不是高中生嗎？」

「但內容物是千年蠱啊。是紀元前就存在的傢伙呢。說是高中生，雖然或許是有學籍，但反正一定沒在上學吧。」

「可是他穿著制服……那，他的父母和家人呢？」

「不曉得。我只聽說他現在好像住在八瀨山上的大宅子。」

「八瀨？」

是澪之前休息的那棟房子嗎？

「京都的東北，沿著高野川溯流而上的深山裡。比一乘寺更東北。詳細地點我不知道。」

「咦……？」

是在京都的郊區嗎？那麼遠？那個時候澪明明在四條大橋附近。實在太匪夷所思了。

「那，小澪，」八尋停步四下張望。「落合家在哪？」

「啊！」不知不覺間走到哲學之道的盡頭了。走過頭了。

「對不起，要再折回去一些。」

「是是是。」

澪連忙帶著八尋折返，彎進岔路。在仍保留著不少老房子的住宅區裡，有著潔淨白牆的落合家引人注目。一下子就走到了。

「麻生田叔叔就說是我叔叔好了。」

澪在大門前這麼說，按下門鈴。

「不好意思又來打擾。」

澪向出來應門的彩香行禮。彩香的表情沒有昨天那麼厭惡。

「是沒關係啦，昨天我的態度也不好。……妳還是要說那個鏡子的事？」

「我家是開神社的，所以有些擔心那個鏡子。因爲我叔叔說鏡子這東西不好。」

對吧？澪轉向八尋問。八尋有些不知所措，但還是配合說詞：

「鏡子很容易招引各種東西，不管是好東西還是壞東西。」

「招引……」彩香喃喃道，往下望去。澪偷瞄了八尋一眼。她是默默地在問這棟屋子有沒有問題。八尋微微蹙眉，搖了搖頭。意思是不太好吧。今天也一樣，從玄關到屋內都充滿了邪靈。

「神社的話，會願意收下鏡子，拿去供養嗎？」

彩香愁眉苦臉地說。八尋回答這個問題：「是啊，看情況。」

「——請進。」彩香伸手指示屋內。「請進來坐吧。」

有著大窗的客廳很明亮，似乎也清掃得很乾淨，卻有種灰濛濛的感覺，是黑色蜃影的關係嗎？客廳靠近天花板的地方，也飄盪著蜃影。

彩香泡咖啡的時候，八尋細語道「家裡開神社，這眞是個好說詞」。

「要是說什麼『我是蠱師』，一定會吃閉門羹，但如果說可以送去神社供養，人們就容易接受，眞是奇妙呢。」

「確實。」

「下次我也來用這套說法。」

「麻生田叔叔家是神社嗎？」

「不是啊。」

「撒謊是不道德的行爲。」

「嗯……嗯嗯……？」

八尋還在覺得哪裡奇怪，彩香已經回來了。咖啡宜人的香氣，也被邪靈的焦臭味給蓋過去了。

「我得事先聲明，」彩香先這麼說，鄭重其事地說了起來：「我和外子是在友加里過世以後才開始交往的。在那之前，我只把他當成友加里的丈夫，也沒有多少往來。我怎麼可能跟情同姊妹的朋友的丈夫搞外遇？而且那個朋友還在生病住院……」

彩香不甘心地握緊了拳頭。

「可是，我身邊的人並不這麼想。自從和他結婚以後，職場就傳出我跟有婦之夫外遇、橫刀奪愛的流言……。我待不下去，最後辭職了，到現在都還在找工作。每個人都把我當成會搞外遇的女人，不相信我，想到自己居然做人這麼失敗，比失業的打擊更大。我大學一畢業就進去那家公司，都做了那麼久說……」

彩香自嘲地笑了。

「都是這樣的。」八尋點頭附和。也許他自己也有類似的經驗。這是澪不會想到的附和。

彩香的表情緩和了一些：

「我跟友加里是大學認識的好朋友。開學典禮的時候，她找不到會場，叫住我問路，我們聊了一下，發現是同一系的，真的很巧，結果就這樣一拍即合……。友加里這個人有點少根筋，迷迷糊糊，總是我拉著她往前走。她這個人真的好到不能再好……都說好人不長命，是吧？」

彩香沉默片刻，視線低垂。她「唉」了一聲，從口袋裡取出那只隨身鏡，擱到桌上。

「我實在不覺得這會是壞東西……。這是友加里總是隨身攜帶的鏡子。我猜應該是友加里喜歡的化妝品牌子送的限定品。」

隨身鏡依然纏繞著長長的黑髮。

「噢……這還真是……」八尋表情僵硬。「不折不扣的詛咒。」

八尋說得太明確，彩香和澪都「咦！」了一聲。

「詛……詛咒？」彩香困惑不已。

「妳被詛咒了。妳晚上都睡不好吧？會做惡夢嗎？像是被黑色的頭髮勒住脖子的夢。」

彩香悚然變色：「你怎麼會知道？連我做了什麼夢都……」

看到鏡子，就能猜到八分了。彩香按住額頭：

「我看到頭髮……又黑又長的頭髮。在洗臉台洗臉，抬頭一看，會在鏡子裡看到。或是掉在地上。不是一兩根而已，而是一整束，可是下一秒就消失不見了。躺在沙發打盹，覺得有東西碰到臉，睜眼一看，發現是頭髮……」

彩香坐立難安地一下摩挲雙手，一下搓著臉頰。

「到後來連做夢都會夢見，我開始害怕睡覺。我會用手機看影片看到早上，等外子出門上班了，再稍微補眠。外子擔心我的健康，但這種事我實在說不出口。──友加里原本留著一頭漂亮的烏黑長髮，卻在住院期間，因爲藥物副作用掉光了……。要是、要是她恨我跟外子結婚的話，要是這樣的話，我跟外子……一定會沒辦法繼續維持這段婚姻。」

彩香雙手摀住了臉。「我害怕跟外子分開，比那些頭髮更要害怕，所以假裝視而不見。」

──可是，也已經到了極限了吧。

所以彩香才會讓澪和八尋進門。

「抱歉。」

八尋雖然一副不想碰的樣子，但還是拿起了鏡子。不過很快就放回桌上了。

「不是這個。」

八尋果斷地說。

「咦？不是？什麼東西不是？」

彩香問，八尋打斷地輕聲說：「松風。」這聲音應該只有一旁的澪聽見。

桌上倏地冒出一隻白狐。修長的身體，長長的尾巴，一身銀白毛皮美極了。

——是麻生田叔叔的職神嗎？

狐狸嗅了嗅鏡子的氣味，鼻頭轉向窗戶，高高一躍，就這樣穿過窗戶，出去庭院了。八尋跟著看過去，站了起來。

「是庭院。」

「咦？庭院？」

八尋不理會惶惶不安的彩香，走向落地窗。他任意打開窗鎖，趿上陽台的拖鞋，走了出去。

澪也靠到窗邊。庭院並不大，似乎也沒打理，雜亂地生長著橄欖樹和含羞草，也因此顯得陰森。

「友加里的嗜好是園藝，種了很多植物，但現在都丟著沒整理……。因爲我不擅長照顧植物。」

彩香辯解地說。澪幾乎沒在聽。庭院的植物裡，有棵樹凝聚著漆黑的霧氣。

狐狸在那棵樹下叫個不停。八尋踮起腳尖，把手伸向樹幹。樹幹上有個洞。他把手伸進去，取出一樣東西來。黑色的蜃影纏繞在那樣東西上。澪身後的彩香「噫！」了一聲，就像倒抽了一口氣。

折返的八尋手上拿的，是一只換裝洋娃娃。是穿著水藍色洋裝的栗色頭髮娃娃。原本應該是個可愛的娃娃，卻看不出臉部樣貌了。因爲娃娃從臉到腳，都密密麻麻地扎滿了珠針。

「這個娃娃，是友加里叫我去買的。」

彩香顫聲說道。她嚇得面無人色。

「她說住院很無聊，想要做娃娃的衣服。那塊布也是……她叫我有不要的衣服就給她，所以我把我的衣服……」

彩香再也說不下去，當場蜷蹲下去。

「友加里女士也會回來這裡嗎？」

八尋問，彩香顫抖著點點頭：

「友加里反覆住院又出院……」

也就是有機會把娃娃藏在樹洞裡。

八尋把娃娃翻過來，掀起衣服。身上用油性筆寫著名字：『落合彩香』。

「不是舊姓……？」澪喃喃道。她覺得如果是友加里做的，上面寫的彩香的名字，應該要是舊姓才對。

「是如果結婚就會發動的詛咒。」八尋淡淡地說。

「那……」彩香呻吟。「連友加里都在懷疑我？」

聲音都破嗓了。睜大到極限的眼皮抽動著。

「拜託我幫忙打掃家裡、拿她的東西給她的，都是友加里啊！又不是我主動要來這裡的，我根本沒有不軌的企圖啊……！」

彩香趴倒在地上，抱住了頭。啜泣聲響了起來。她呻吟地不停說著「太過分了」。

「明明就是友加里妳自己拜託我的啊！每一次都是……可是妳居然……」

彩香傾吐怨懟的聲音，讓充斥著房間的邪靈蠕動、膨脹起來。這樣下去，友加里的詛咒和彩香的恨意會纏繞、融合在一起，無止境地招來邪靈，愈發強大。焦臭味變得強烈，澪忍不住用手摀住了鼻子。好噁心。感覺只要稍一放鬆，就會昏厥過去。

「病人本來就容易疑神疑鬼。最好不要想太多。」

八尋沒什麼的口吻覆蓋在彩香的哭聲上。

「就算外行人搞這種東西，被詛咒的人也死不了。雖然是會引來一些壞東西啦。友加里女士是藉由這麼做，來昇華她無處發洩的猜疑吧。」

彩香抬起頭來。眼圈子哭得都紅了。

「自己來日無多的話，即使是最愛的至親好友，光是對方還能繼續活下去，或許就令人憎恨，而且即使覺得不可能，或許還是會懷疑。到底哪一種想法才是自己的眞心，當事人自己也摸不透的。妳應該珍惜妳所認識的友加里女士的樣貌。」

八尋對彩香笑道，左右搖了搖娃娃說：「這我會拿去神社供養。如此一來，壞東西就會消失，那個隨身鏡繼續留著也沒關係。」

苦悶的神色從彩香的表情消失了。原本膨脹到幾乎破裂的邪靈緩緩地鎮定下來，焦臭味也變淡了。

蠱師也是一種心理師嗎？澪心想。八尋的話充滿了設身處地的溫暖，卸下了對方的重擔。

「這樣還是有什麼問題的話——」

八尋從外套胸袋掏出名片，遞給彩香：

「請連絡這裡，我會過來驅邪。」

——這不是推銷生意嗎！

澪一陣脫力，但彩香感激萬分地收下那張名片。

兩人帶著娃娃離開落合家。彩香千恩萬謝地送八尋和澪到大門。走了一段路，看不到落合家之後，澪仰望了八尋一眼：

「話術很高明呢。」

「宗教人士沒有三寸不爛之舌是幹不來的。腳踏實地的推廣生意也很重要。」

——總而言之，彩香阿姨脫離危險了。

澪望向八尋手中的娃娃：

「那個娃娃要怎麼處理？」

「燒掉是最好的吧。不過這件衣服做得眞好。」

八尋細細端詳娃娃身上的洋裝縫製。確實，口袋和衣領等地方，連細節都做得極爲精緻。澪想像友加里是懷著怎樣的心情一針一線縫製出這件衣物，感到一陣毛骨悚然。她想像一名女子獨自坐在陰暗的病房裡，拿著針線……

「娃娃和針，是非常典型的詛咒。還是說，不是稻草人和五寸釘，所以稱得上新潮？」

「新潮……」

「這還算是小兒科，是詛咒家家酒等級。而且前妻和後妻的對立，自古以來就是固定套路嘛。」八尋笑道。

「江戶時代有種粗暴的風俗叫『打後妻』，前妻會殺到後妻家裡，大肆攻擊。雖然很可怕，不過比詛咒更功利實際，我覺得更好。」

一點都不好吧？

「妳覺得不行？不過變得像厲鬼，和眞的變成厲鬼，是否跨越那一線，是完全不同的兩回事吧？妳知道能劇戲碼《鐵輪》嗎？前妻每天晚上在丑時前往貴船神社，咒殺前夫和後妻。前妻穿著鮮紅的衣物，臉也塗得血紅，頭上戴著點了火的鐵輪，變成了厲鬼。鐵輪就是五德。啊，妳知道五德嗎？就是火缽上的爐架。」

「喔……」好像在麻績家的儲藏室看過。不過穿紅衣、塗紅臉、頭上頂著點了火的五德，這模樣未免太驚悚了。紅色的身姿是模仿鬼的皮膚，五德則是鬼頭上的角吧。是透過模仿鬼的外形，來變身成鬼嗎？

「但就算想要變成鬼，也沒辦法澈底丟掉人心。《鐵輪》裡的前妻也是，終究下不了手殺死丈夫。」

八尋盯著娃娃喃喃道。

「不過，即使只是家家酒程度，也不該詛咒別人。而且是外行人亂搞。」

八尋嘆了一口氣。

「小澪，妳擅長跑步嗎？」

冷不防被這麼一問，澪不明就裡：
「咦？呃，短距離的話還可以。」
「不好意思，可能得衝刺一下才行。」
澪的目光落在娃娃身上，赫然一驚。娃娃身上纏繞著黑髮，長長地延伸到後方。她想回頭，被八尋制止：
「別看！是把落合家的髒東西全部引來了嗎……？」
澪只瞥見了一眼，背後跟著黑色的蜃影，而且是相當巨大的一團……。她嚇得遍體生寒。
「好，衝啊！」
八尋一聲令下，兩人拔腿前奔。從體格來看，當然八尋應該跑得更快，但他頻頻回看後方，讓澪跑在自己前面。澪頭也不回，不顧一切往前跑。八尋會指示「往右彎」等等。
「不……不召喚、職神嗎……！」
邊跑邊說話，喘不過氣來了。短距離的話，她還算能跑，但這一定會是耐力賽。

「職神也有擅長和不擅長的領域。我的松風擅長探索，但不適合攻擊。大部分的邪靈還能搞定，但那種的沒辦法。」

「那種的……？」

「聚合體。拼湊出來的東西。因爲沒有中心，打下去也只會散開。——不過，嗯，先把它打散好了。」

「松風！」八尋呼喚職神。白狐迅速飛向後方，迎面撞擊邪靈。啪！的一聲，黑色霧氣看似迸裂消失了。

「只是散開而已，很快又會聚在一起了。聚到這玩意兒上面。」

八尋舉起娃娃說。不對——澪心想。

「可能是因爲我在這裡的關係……」

澪會吸引邪靈。

「嗯？啊，我都忘了，是妳的體質啊。唔……」八尋沉吟。「這樣的話，更得設法擊退才行。」

去那邊！八尋指著前方說。住宅區的巷子盡頭處，石階前方是茂密的綠意。還不熟悉當地的澪跑到之後，才知道那裡是哪裡。是哲學之道。她在鋪著石板的小徑上停步，肩膀上下起伏喘氣。河流潺潺聲清涼悅耳，但因爲一路奔跑，大汗淋漓。八尋也在旁邊氣喘吁吁。松風跟在他的腳邊。

「我的策略是把靠近過來的傢伙一個個解決掉。把弱的邪靈幹掉，然後扔下河流沖走。水可以去邪除穢。」

八尋瞥了眼腳邊的松風，望向澪：

「妳也有職神嗎？」

「祂只能趕走邪靈而已……是一頭小白狼。」

「這樣啊，麻績家是狼呢。這下該怎麼辦呢？狼跟麻生田的白專女相剋。」

「白專女？」

「白專女就是白狐。我的故鄉從以前就是祭祀白狐，麻生田以白狐之靈做爲職神，而狼就像是狐狸的天敵，就算成了職神，也不可能合得來。」

「那，我不要召喚比較好呢。」

「對——」八尋說到一半，猛地抬頭看天。一片陰影籠罩上來，四下驀地落入陰暗。

有一隻大黑鳥在上方展翅——看起來。

——不對。

是黑色的蜃影覆蓋了兩人的頭頂。它就像波濤般起伏，變換形姿。擴展的邪靈凝縮起來，變得又細又長。一樣黑色的東西掉到澪的腳邊，看起來像黑色的繩索。那東西翻滾著，纏上澪的腳踝。

是蛇。不——當澪發現那是什麼時，全身爬滿了雞皮疙瘩。

是一束長長的黑髮。

「松風！」

聽到八尋的聲音，松風迅速撲向纏繞澪的腳踝的黑髮，咬住並扯斷。黑髮化成煙霧消失了。

啪噠、啪噠，扭動的黑髮一束束落到兩人頭上。只靠松風，實在來不及驅趕。即使想要拂開落下的黑髮，手也只會揮空。一束黑髮掉到澪的頭上，蒙住她的眼睛，遮蔽了視野。黑髮在臉上爬竄，意圖堵住她的嘴巴，勒住她的頭。粗糙的髮絲觸感碰到舌頭。什麼都看不見了。一片漆黑的視野中，只有令人寒毛直豎的觸感在皮膚上蠕動。手也被頭髮纏住了。蠕動、爬行的頭髮發出唰唰擠壓的聲響。焦臭味刺鼻。

口鼻都被頭髮覆蓋，呼吸困難。澪想要把頭髮扯下來，然而無論怎麼摳臉，都摳不下半點。呼吸愈來愈困難了。耳鳴不絕。澪跪地掙扎，用力刨抓地面。腦袋裡變得一片白茫，意識逐漸遠離，就好像白色的光充斥了整顆腦袋。

「──雪丸！」

澪覺得自己發不了聲，但還是在無意識之中呼喚了雪丸。瞬間，苦悶消失無蹤。

視野豁然開朗。覆蓋澪全身的黑髮煙消霧散。澪的眼前，雪丸飄浮在半空中。祂輕巧地一個翻轉，變成了以前看過的那串鈴鐺。

鈴聲響起。音色輕盈聖潔。一道強光流竄四下，視野一片煞白。

實在太刺眼了，澪閉上了眼睛。即使閉著眼皮，也知道白光滿溢周遭。

光一點一滴地淡去了。焦臭味已經消失，只留下潔淨的氣息。澪慢慢地睜開眼睛，不停地眨眼。眼睛熟悉光線後，環顧一看，周圍連一絲黑髮都不剩了。河流潺潺聲聽起來格外清亮。澪正愣在那裡，八尋出聲：「小澪，妳還好嗎？」八尋在她旁邊跪下來，探頭查看她的臉。

「啊……我沒事。」澪摸了摸臉。沒有黏著頭髮，嘴裡也沒有頭髮的觸感。她鬆了一口氣。

「那些東西消失了嗎？」

澪東張西望確認。還是沒有看見任何黑髮。

「消失？不是妳除掉的嗎？」

「咦？」

「是妳祓除的。」

「神使？」

「妳的那個……狼，和職神不太一樣。那應該是更高一階的神使。」

八尋看著澪的眼神，就像在看陌生人。看上去也帶著一絲怯意。

「妳不是蠱師呢。這樣啊，原來是這麼回事？」

「什麼意思？」

八尋兀自領悟了，但澪困惑不已。

「妳的狼，是神的使者。剛才是用神力祓除了邪靈。是妳召喚來的。」

——我召喚來的？召喚什麼……？

「也就是說，」八尋接著說。「妳是降神的巫女。」

「……咦？」

澪只是瞪大了眼睛，注視著八尋。

回到紅莊後，可能是因爲遭到邪靈攻擊，澪發燒病倒了。玉青擔心地照顧，隔天早上燒就退了。她覺得好像做了夢，玉青也說她一直在夢囈，但她不記得夢的內容了。

這個週末，星期六下午，漣從長野過來了。這讓原本正要出門的澪左右爲難。

「你來做什麼？」

「我要報考京都的大學，先來看看學校而已。」

漣繃著臉回答。他穿著白色棉襯衫和灰色長褲，深藍色的開襟衫夾在腋下，可能是原本穿來，但是太熱脫掉了。

八尋經過房間前面，笑道：

「聽說妳哥來了？妹妹一個人住在別的地方，一定擔心得不得了呢。眞是個好哥哥。」

說完就走掉了。漣擺出臭臉，瞪著八尋離去的方向。

「八尋叔叔來了？」

「咦？你知道麻生田叔叔？」

「以前見過。」

這麼說來，八尋說他去過麻績村，是那個時候見到的嗎？

漣從旅行袋裡取出衣物等等，問：「妳要去哪裡？」

「咦？你怎麼會覺得我要出去？」

「妳那不是外出打扮嗎？不是居家服。」

不愧是一起生活了那麼多年，漣很清楚哪些是澪的居家服，哪些是外出服。澪在家通常都穿T恤或帽T配運動長褲。現在她穿著群青色的線衫和牛仔褲。

「妳要去哪？」漣又追問。

「去哪……」澪看著榻榻米的紋路，應說：「去附近走走而已。這裡很多寺院，想去觀光一下。」

「是喔？」漣瞅了澪一眼。是識破謊言的眼神。

「那我也一起去。」

「咦！」

「我也不熟這附近，妳帶我參觀。」

「咦……」

——本來想去八瀨的。

當然，是為了去找高良。澪想見到高良，問他關於自己的事。高良應該知道許多內幕。雖然不知道他住在八瀨的哪裡，必須搜索一番。

之前澪問八尋，巫女是什麼意思？但八尋只說『巫女就是巫女』，問不出為何澪會是巫女的詳情。至於澪和高良的關係，也不曉得八尋是眞的不知道，還是在閃躲，他就只是歪頭一臉納悶。

如果八尋不肯告訴她，就只好自己查個水落石出了。就像她搬來京都的行動。

「喏，走吧。」

漣催促澪。要是告訴漣『我要去找高良』，一定會被罵『妳白痴嗎』。

澪無奈之下，只能和漣一起出門。

澪聽八尋說，一乘寺這個地方顧名思義，是因爲有間叫一乘寺的寺院，所以被如此稱呼。據說這一帶在平安時期有許多貴族的山莊，江戶時代則有文人墨客的草庵。此地位於京城近郊，風光明媚而且僻靜，東邊有比叡山等東山群山，西邊則有高野川，不論是貴族遊山玩水，還是隱者避世隱居，都是絕佳的地點吧。

離開紅莊後，澪在巷弄領頭前進。她打算前往就在附近的詩仙堂。詩仙堂是「文人墨客的草庵」之一，現在成了寺院。

「伯父和伯母都好嗎？」

「很好。媽很囉嗦，整天說要寄這寄那給妳。今天也叫我問妳想要什麼。」

「喔……」澪苦笑。「是沒缺什麼東西啦。」

「我想也是。我今天帶醃野澤菜來了。已經給玉青伯母了。」

「謝謝。也替我跟伯母道個謝。」

「妳直接跟她說就好了啊。至少打個電話吧。」

澪回望身後。漣把頭撇向一邊。

「伯母只關心我一個人，你嫉妒了？」

「……妳啊……媽從以前眼裡就只有妳好嗎？」

澪吃了一驚。原來漣這麼想？明明從澪的角度來看，完全不是這麼一回事。她和伯母的關係，是不知道該如何親近，總是只能遠遠地對彼此出聲。

「要是漣漣兄都搬來京都，伯母會很寂寞吧？你之前根本沒提到要考京都的大學啊。」

「我改變主意了。」

「伯父怎麼說？」

「說隨便我。」

「這樣喔。」

——明明就反對我來京都……

經過茶店前面，登上坡道，來到完全被樹林包圍的詩仙堂。充滿閑寂風情的茅草屋頂門，一看就像是隱者的草庵。可能是因爲夏季的暑氣消退了，園地裡的綠意看上去有些失色。玄關陰暗，一踏進室內，便迎來一陣沁涼。循著告示的路線指示前進，拆下內外紙門的大和室深處，是一座優美的枯山水庭院。白沙與綠意的對比美極了。深處的樹林到了晚秋，就會轉為艷麗的楓紅吧。和室門框上的橫木，張貼著詩仙堂名稱由來的眾詩仙的肖像。據說是江戶時代畫家狩野探幽的畫作。

可能是暑假已經結束，距離賞楓季又還早，正值旅遊淡季，只有零星一兩名觀光客的身影，十分清幽。總覺得不方便交談，澪沉默著，漣也默默無語。兩人並坐在簷廊，看著庭院裡被修剪得渾圓的皋月杜鵑。

「……爸很沮喪。」

漣忽然安靜地開口。

「他做夢都沒有想到，妳會一個人搬到京都來吧。他不反對我考京都的大學，也是認為有我陪著妳，多少可以安心一些。他不僅不反對，甚至希望我這麼做。」

澪看向漣的側臉。漣筆直地看著庭院。倒映在他眼中的樹木綠意，帶著複雜的色彩搖曳著。

「就算我繼續留在麻績村，也只是等死而已，即使如此，伯父還是不願意我待在京都嗎？」

「他不想要妳死在他看不到的地方吧。」

澪眨了眨眼，望向庭院。

「我不會死的。我來這裡，就是爲了找到方法活下去。」

漣瞄了澪一眼：

「來到京都，妳發現什麼了嗎？」

「發現啊……好像發現更多不明白的事了……」

「什麼啦？」

「麻生田叔叔說我是巫女，漣兄知道這是什麼意思嗎？」

「巫女？妳嗎？因爲妳是神社的女兒嗎？」

「不是。他說雪丸不是職神，而是神使，還說我會降神……」

「降神——降下天白神嗎？」

「不知道。」

漣沉思起來。澪抱住了膝蓋。

「天白神——」片刻後，漣開口說了起來。「天白神是信仰在傳播的過程中，與各地信仰融合而成的複合神，在各地的性質都不相同。」

「……？這樣喔？」

「在麻績家的傳說裡，天白神是中國漢朝隨著蠱師一起傳到日本的神，從傳入的海岸隨著貿易進入內陸，再移動到深山。」

「貿易。」

「麻績村位在古老的交通要衝上，從彌生時代開始，就是貿易要道，所以麻績村也有天白神。天白神雖是蠱師的神明，但祂原本就擁有如此強大的神力。——雪丸之前曾經變身成鈴鐺對吧？」

「咦？啊，對啊。」漣突然話鋒一轉，澪一時接不上話。

「不是出現了白光嗎？讓周圍全都變得一片白。」

「嗯。」

「那應該是天白神顯靈。」

「什麼意思……？」

漣指著上方：

「天白神就是日神啊。」

——日神。太陽神？

雪丸綻放出來的熾烈白光。原來那是陽光嗎？

「能夠引出天白神的神力的，就只有巫女。所以八尋叔叔才會說妳是巫女吧。」

「……可是，怎麼會……」

以前自己從來做不到這種事。

「果然是因爲這裡是京都嗎？」

漣喃喃道。

「是京都對妳造成了某些影響嗎？還是……」

漣沒有說下去，但澪的腦海浮現瓜高良的臉。

星期天晚上，漣回去長野了。隔天星期一早上，澪一到學校，茉奈就跑來跟她說：「我聽彩香阿姨說了。」

「說什麼？」

「說妳幫她驅邪了。彩香阿姨很開心，說她好久沒有一夜好眠了。」

「也不是驅邪……我只是拜託我叔叔幫忙而已。」
「可是——」
茉奈說到一半打住，回頭望去。因爲有個女生小跑步過來了。
「那個，麻績同學。」
是紮了兩根麻花辮、看上去很內向的女生。澪覺得好像似曾相識，回溯記憶。
「上次我差點從樓梯掉下去，是妳救了我……」
「啊……」
想起來了。當時邪靈纏繞在那個女生腳上，所以澪用雪丸驅散了。
「那時候沒有跟妳道謝，所以我一直在找妳……」
「不用放在心上啦。」
她會差點跌落，是因爲澪輕率地驅散邪靈的關係，沒道理要對方道謝。
「不，」女生搖搖頭。「我接下來有鋼琴發表會，要是掉下樓梯受傷，後果不堪設想。眞的很謝謝妳。」
被對方定定地注視著感謝，澪慌了手腳。她不知道這種情況該怎麼回應才是對的。

「呃……嗯……好。」

女生對著視線可疑地亂飄的澪抿唇一笑離開了。笑容很爽朗。澪心想，要是自己也能像她那樣就好了。

轉回目光一看，茉奈正在賊笑。

「我還以爲麻績同學很酷，沒想到其實很害羞呢。」

「害羞……？」

「我剛才說到一半，就算麻績同學只是拜託妳叔叔幫忙，但也是因爲妳把彩香阿姨的事放在心上，彩香阿姨才能轉危爲安啊。」

澪微微側頭。茉奈的眼睛很溫柔、明亮。

「我覺得這很重要喔！」

「……喔……」

「別人的感謝，大可以大方地接受啊。這是皆大歡喜的事。」

澪定定地瞅著茉奈的臉看。

「……嗯，我會這麼做。」

茉奈笑咪咪地笑著。澪心想，坐隔壁的同學是茉奈，眞是太好了。

愛情說，被詛咒吧

呪われよと恋は言う

——要怎麼做，才能見到高良？

這陣子，澪一直在思考這個問題。

她去了八瀨。八瀨位在高野川上游的山間，夾在東邊的北叡山及西邊的瓢簞崩山這座怪名字的山之間。由於是遠離塵囂的清幽之地，據說自從中世紀末開始，就成了京城人士的休憩之地。由於也是進入比叡山的登山口，因此這裡的居民會陪伴參拜客前往延曆寺參拜，稱爲八瀨童子。不過大正時期，這裡曾經興建過遊樂園，這讓澪感受到歷史地層的有趣。過去離遊樂園最近的一站，現在成了八瀨比叡山口站這個名稱，澪在那一站下車。這一區感覺還是村鎮，因此她繼續搭乘公車，前往八瀨深處。

聽說高良的屋子在八瀨山裡，因此必須上山吧。澪在登山口公車站下車，登上山路。走在只是砍掉樹木、稍微理平地面，到處都是石頭樹根的路上，澪不經意地回頭一看，發現視野絕美。然而卻沒看見什麼大宅子，也沒找到高良。澪只是進行了一趟不熟悉的登山活動，累得精疲力盡而已。

——既然如此。

澪心生一計。

從紅莊附近詩仙堂前面的坡道一路走過去，會碰到一條樹林濃密的陰暗道路。民宅也變得稀疏，再繼續前進，就會出現石燈籠。前方就是狸谷山不動院。這間寺院的開山祖師是木食正禪，據傳江戶時代，這裡的石不動明王極爲靈驗，因此香火鼎盛。現在也許是因爲遠離市區的關係，沒什麼觀光客會到這裡來，十分清閒。

不動院一進去的地方是寬闊的停車場和祈求汽車安全的祈禱殿，不過往本堂所在的深處走去，道路兩側岩壁夾道，一下子變得細窄。濃蔭遮蔽陽光，投下陰影。這條路的陰影更加深濃之處，像是樹木間、樹葉重疊處、岩石隙縫等等，讓澪感到害怕。她有一次在這附近散步，在各處的陰影中察覺到邪靈的氣息，落荒而逃。山上有山的邪靈。和一般邪靈或許有些不同，但還是一樣可怕。

那次逃走之後，她再也沒有來過，但今天幾乎杳無人跡的上午，澪又再次造訪。濃重的陰影依舊讓人害怕。黑色的蜃影宛如煙靄滲透而出一般，從那些暗處升起。

——來了。

澪克制住想要轉身就逃的衝動。霧氣滑下岩壁表面，逼近路上的澪。它從草叢間探出頭來，漸漸改變形姿。上臂、頭、身體。黑色蜃影反覆伸縮，逐漸形成人的上半身模樣。澪一步步後退。蜃影的手伸向了澪。澪轉身要逃，瞬間煞住了腳。不知不覺間，連後方也擴散著一片黑色蜃影。

澪交互看了看前後，朝只有上半身的蜃影奔去。那是前往更深處的路，但那裡有不動院的鳥居。只要跑進鳥居裡面就安全了。

然而天不從人願，澪的腳踝被伸過來的黑手抓住，往前栽倒。她反射性地以手撐地，倒在地上。霧氣猛地伸長過來，探看澪的臉。蜃影依然是黑的，沒有臉，也沒有表情，然而卻有被它注視的感覺。

——不行。

恐懼瀕臨極限，澪開口：

「雪……雪丸！」

眼前冒出一頭小白狼。雪丸強而有力地吠了一聲，黑色蜃影頓時如退潮般離開了澪。雪丸奔過去驅趕，蜃影便四分五裂，四散而去。雪丸雖然身體嬌小，但驕傲地抬頭挺胸，四肢牢牢地踏在地上，尾巴高指天空。

「雪丸。」澪呼喚，但雪丸只是鼻頭轉過來一點，「哼」一聲似地撇過頭去，消失無蹤。眞失望。雪丸一點都不親澪。不，或許職神本來就不親人。她希望要是至少雪丸願意讓她摸一摸就好了。

——不，現在重要的不是這些……

澪環顧周圍，站了起來。四下十分安靜，只聽見鳥啼聲和樹葉沙沙聲。

「沒有出現嗎……」

她嘆了一口氣。

雖然不知道爲什麼，但澪遭到邪靈攻擊時，高良就會現身搭救。因此她才故意跑來讓邪靈糾纏，然而高良沒有要現身的樣子，她自己先承受不住，呼叫了雪丸。雪丸也覺得是在沒事找祂麻煩吧。所以才會擺出那種態度嗎？

要怎麼樣才能見到高良呢？她覺得這副德行，簡直就像被戀愛沖昏頭的女生。

澪正準備回去，停住了腳步。

「嗯？」

樹蔭下好像有什麼東西動了一下。又是邪靈嗎？澪正戒備起來，然而看到杉樹後方冒出來的身影，卸下了肩膀的緊張。

小動物一雙渾圓的黑眼對著這裡。體型圓圓滾滾，一身焦褐色的毛皮間雜著黑色，四肢和眼周尤其漆黑。

是狸貓⑥。

澪在厤績村看過鼬，但這是第一次看到狸貓。毛皮蓬鬆，圓滾滾的身形十分可愛。澪正盯著狸貓看，結果狸貓突然拔腿就跑，往道路深處逃走了。是鳥居所在的方向。澪忍不住追了上去。來到稍微開闊的地方，看見生苔的古老石鳥居和石階。前方有雕刻著『狸谷山不動院』的石碑，以及一大群狸貓——信樂燒陶器狸貓像。那片狸貓飾物當中，剛才那隻狸貓忽地冒出頭來，下一秒又從那裡跳走，腳搭上石碑，跳到石階上。狸貓有這麼會跳嗎？澪正感到驚訝，結果狸貓在爬上石階的路上消失了。

「啊……！」

她呆了一下，隨即恍然大悟。

——原來不是活生生的狸貓嗎？

第一次看到狸貓的幽靈呢，澪一邊想著，轉身離去。都來到這裡了，應該可以順道去參拜不動院，但要登上抵達本堂的二百五十階石梯，需要莫大的決心。

「又受傷回來！」

一回到紅莊，玉青就發出尖叫。澪的手擦傷，衣服沾滿了泥土和枯葉。杉樹的枯葉碎裂成細屑卡在線衫裡，很難弄掉。

玉青正在幫澪消毒傷口，八尋經過，和玉青一樣驚呼：「哇，又受傷了！」肩上坐著他的職神白狐松風。好像一條圍巾。

「痛嗎？」八尋在澪旁邊蹲下來。松風的耳朵一下下抽動。

「還可以。」

「還可以？是痛還是不痛？叔叔不懂年輕人的話。」

「……？這是很一般的說法啊？」

註 6：日文的「狸」，即中文裡動物的「貉」。這裡採用一般習慣譯法「狸貓」。

「不同的世代，語感有代溝呢。」

「喔……」

「被邪靈攻擊了嗎？雪丸在做什麼？」

「就是雪丸救了我，才只有受這點傷——」澪看著松風。松風坐在八尋的肩上休息。

「松風和麻生田叔叔很親呢。」

「是我的職神嘛。」

「雪丸都不親我。」

「神使就是這樣的吧？」

「這樣嗎？」

「我也不曉得。」

澪冷冷地瞟了八尋一眼，八尋哈哈一笑。松風抬起鼻頭，八尋用指頭搔了搔祂的下巴。看起來相親相愛，教人好生羨慕。

玉青收拾消毒水和急救箱，問：「小澪想跟雪丸變親近嗎？」

「也不是變親近……因爲雪丸的毛很蓬鬆……」

澪做出用雙手撫摸的動作。

「很想摸摸看而已。」

「還眞是忠於自己的欲望。」八尋說。「唔，是可以理解啦。而且雪丸就像隻小狗。可是祂畢竟是狼，被咬到會很痛吧？」

「祂會咬人嗎？」

「不知道。」

「……」

大人可以這麼隨便嗎？澪忍不住有點質疑。

「慢慢就會熟起來了吧。」玉青說。「都是這樣的。狗也是。」

「狼也一樣嗎？」

「不清楚耶。」

兩個人都不可靠。那朝次郎呢？澪轉頭一看，發現朝次郎在庭院清掃枯萎掉落的花瓣。聽說會請園藝師傅來修剪樹木，但每天的整理都是朝次郎負責。

「……玉青伯母和朝次郎伯伯都不是蟲師，對吧？」

「我不是，但我那口子本來是蟲師。」玉青望向庭院的朝次郎說。「他是退休以後成了這裡的管理員。」

「很多蠱師退休以後，都成了公寓管理員。」八尋補充說。

「那，朝次郎伯伯也有職神吧？」

「現在沒有了。卸下蠱師身分後，他把職神全部解放了。」

「解放？」

「蠱師能夠使役職神，簡單地說，是一種契約。因爲有契約，職神才會聽從蠱師的吩咐。所以契約結束的話，接下來就自由了。」

「這樣啊……」

「也有些家族，是把職神代代傳下去。麻績家不就是這樣嗎？」

澪想起漣的職神。漣的職神是這麼來的嗎？從懂事的時候開始，那兩頭狼就是漣的職神了。

「我們家也是。」八尋說。「因爲要抓到新的職神，太大費周章了。」

「是這樣嗎？」

「就像要馴服野狗，很費工夫。在這部分，依附在一族血統的職神就好處理多了。」

「是喔……」

在麻績家，他們不太談到這類話題，因此澪覺得很新奇。伯父很排斥在家裡談論蠱師的事。

「喏，那邊的狸谷的不動明王，不是有狸貓嗎？」八尋對玉青說。

「狸貓？那不是擺飾物嗎？」玉青回道。

「不是啦，那是職神喔。我覺得那隻狸貓應該是什麼人的職神。」

「咦！」澪抬頭看八尋。

「小澪妳知道？」

「我剛才看到像狸貓的幽靈的東西……」

「就是祂。」

「那是野生職神。」

一道滄桑的聲音插了進來。是朝次郎。他一邊脫下工作手套，一邊從簷廊走上來。

「野生職神？」

澪問著，納悶那是什麼。

「是契約尚未解除，蠱師就先死去的職神。」朝次郎回道。
「那就麻煩了呢。」八尋說。
「很麻煩嗎？」
「因爲有契約，所以不會聽其他蠱師的話。」
「契約不會消失嗎？」
「也不是不能覆寫，但很麻煩，也很困難。要是我，就不會想這麼做。」
因爲賺不了錢吧……澪這麼想著，回想起剛才看到的狸貓。
「那，蠱師過世以後，那隻狸貓就一直在那裡嗎？」
「是啊。我不曉得祂主人的蠱師什麼時候過世的，但祂從我年輕的時候就在那裡了。」
朝次郎把矮桌上的點心碗拉過去，拿起甜饅頭。
「從那麼久以前就在了？」澪還以爲頂多是這幾年的事，吃了一驚。
「我曾想過要把祂收爲職神，試了一下，結果失敗了。祂很執拗。」朝次郎說，把甜饅頭剝成兩半，丟進嘴裡。「還忘不了主人吧。」
「好可憐的狸貓。」玉青把熱水壺裡的水倒進茶壺裡，轉過來說。「不能幫幫祂嗎？」

「沒辦法吧。」朝次郎冷淡地說，玉青瞪他：「眞無情。」但朝次郎一臉不在乎：「沒辦法的事就是沒辦法，無可奈何啊。」

澪心想，蠱師都特別果斷嗎？朝次郎和八尋都會迅速地劃出界線，說『做不到的事就是做不到』。

澪的腦中，一再浮現悄悄跑上石階消失的狸貓的身影。

午後的巷弄，人影稀稀落落。多半是中年以上的婦女，從穿著打扮來看，似乎是觀光客。多半都是走進詩仙堂的大門裡，偶爾會有揹著背包、健行打扮的人繼續往坡道深處走去。澪跟著其中一人走上坡道。她並非要去健行，但一身輕裝，穿著弄髒也無所謂的運動衫、牛仔褲和運動鞋。

那隻狸貓還在嗎？澪怎麼也放心不下，自從第一次遇到那隻狸貓以後，便一次又一次跑來狸谷山不動院。有時狸貓會現身，但有時不見蹤影。

就算見到了，也不能做什麼。但澪就是放不下孤伶伶的狸貓，忍不住跑去看祂。

來到鳥居前面那段陰森森的路時，她用跑的通過。她頭也不回，盡量不看暗處。跑進鳥居裡面後，她慢慢地登上漫長的石階。若是在路上遇到狸貓就好了，若是沒遇見，就得一路爬到石階頂。今天是非攻頂不可的日子。

看著一整排紅色鳥居及弘法大師像，爬到石階最上方，澪肩膀上下起伏喘著氣，走到本堂。這或許很適合拿來鍛鍊體力。建築在懸崖邊的本堂很像清水寺的舞台。從本堂可以俯視市區，十分舒爽。參拜完畢，離開本堂時，一名登山打扮的男子正沿著裡面的細窄石階登上去。導覽告示上寫著『前方爲健行路線』。石階前方有紅色鳥居。鳥居附近的草叢裡，冒出那隻狸貓的頭來。啊！澪忍不住跑上石階。

狸貓迅捷地奔上石階，澪跟在後面。健行步道似乎一路通往山頂的奧院。被杉樹林圍繞的山路，不時出現童子像。樹葉篩漏的陽光照亮那些石像的情景顯得莊嚴無比。狸貓偏離石階，跑進一條被踩出來的野徑。澪裹足不前，但狸貓忽然停下腳步回頭看她，讓她決心跟上去。那隻狸貓在邀請澪。雖然不曉得要把她帶到哪裡去。

踩上堆積的落葉，隨著沙沙聲響，升起濕泥土的氣味。山間的氣味令人懷念，讓人想起麻績村。泥土、樹木、青苔、腐葉的氣味。有著水脈流動的大地的潤澤，是市街聞不到的氣味。

也許是懷念讓她鬆懈下來，仰望著樹木的澪一腳踩進了凹洞裡。

「啊！」

運動鞋橡膠底在落葉上一滑，澪整個人倒了下去。如果只是摔倒還好，但不巧那裡是個斜坡，澪的身體近乎好笑地輕易從杉林間滑下去。澪一邊滑落，還一邊悠哉地想：原來樹葉這麼滑啊。也許人驚慌過度，反而會變得冷靜。樹枝另一頭的藍天看上去鮮艷莫名。

滑到傾斜變得平緩的地方，澪的身體停住了。幸好她沒有撞到樹木或岩石，不覺得哪裡疼痛。——原本還這麼想，然而站起來的瞬間，腳踝劃過一道銳利的痛楚，澪呻吟著跌倒了。是一腳踩進凹洞時扭傷了嗎？不動就不會痛，所以應該沒有骨折……大概。冷汗滲出皮膚。

澪小心翼翼地起身，環顧周圍。四下全是杉林，看不到石階，也不見山路——儘管她覺得自己應該沒有滑落多遠。背後是斜坡，下方是連綿的嶙峋岩石。也不算岩石，整片山地似乎就是片岩地。是這樣的地層嗎？澪所在的地方是僅有的一小塊平地，停在這裡算她幸運。要是再繼續滑落，自己可能就要粉身碎骨了。

澪摸索牛仔褲口袋。手機沒有掉落，也沒有破裂。她鬆了口氣。然而看到沒有訊號，頓時面無血色。

——無法求救。

她仰望斜坡。腳扭傷了，要爬上易滑的斜坡相當困難。等人經過，再出聲呼救嗎？可是會有人來嗎？就澪看到的，只有一名健行客比澪先上山而已，後面沒有任何人跟上來。而且她還偏離了健行路線。

聽說遇難的時候最好不要移動，不過這種情形也該比照辦理嗎？澪正在尋思，一道影子掠過視野邊角，嚇了她一跳。她以爲是邪靈，結果不是，是那隻狸貓。

狸貓在下方，正從岩石後方伸出頭來。澪以手撐地，探出身體。緊鄰下方的岩地似乎有處凹洞，狸貓就是從那裡伸出頭來的。漆黑的眼睛直勾勾地望著她。

——祂想說什麼呢？

澪總覺得這隻狸貓有話想要告訴她。

忽地，額頭一滴冰涼，澪仰望頭頂。天色很暗。上一刻還萬里無雲的天空，竟一下子烏雲罩頂。就算山中天氣陰晴不定，這也變得太快了。

原本有一搭沒一搭地落下的雨滴，一眨眼就變得凶暴，激起泥濘。澪東張西望，卻找不到能避雨的地方。這樣下去會淋成落湯雞。在這種地方失溫的話，或許會演變成最糟糕的狀況。澪內心焦急不已。狸貓還是跟先前一樣，仰望著她。狸貓藏身的凹洞，雨似乎淋不到。那裡和澪所在的位置有高低差，但不是猶豫的時候了。澪趴到地面，讓腳先往下滑，朝下移動。她用沒有扭傷的腳先著地，蹲下身來，挪動身體，探頭看狸貓所在的凹洞。

那個洞比想像中的更大更深。雖然不到洞窟的規模，但也算是個石洞，頗有深度，裡面暗到看不見。進入洞內以後，雨淋不到身上，讓她鬆了一口氣。雖然搞得渾身泥巴，但總比全身淋濕要來得好。

外面很暗，就像入夜或黎明的天色。石洞入口處，雨勢如瀑布般沖刷而下。照這個雨勢來看，應該是陣雨。希望快點停。

不知不覺間，狸貓來到了旁邊。感覺得到祂的氣息。要是轉頭往那裡看，祂似乎就會消失不見，因此澪沒有動，只用眼珠子朝那裡瞥。她看見焦褐色的耳朵，還有黑色的鼻子。

「……我說，」

澪如履薄冰、謹慎地出聲。狸貓沒有要逃走的樣子。

「你叫什麼名字？」

問出口後，澪才對自己傻眼：祂又不可能回答。——然而。

「祂名叫照手。」

後方傳來沉靜的青年聲音，澪的背脊凍結了。

她沒辦法回頭。因爲她知道在那裡的不可能是活人。雖說岩洞深處很暗，但如果有人，她絕對看得出來。剛剛那裡沒有人。

「是照手把妳叫來這裡的吧？妳受傷了呢。還請見諒。」

聲音內斂柔和，讓澪鎭定了一些。至少背後那名青年不是邪靈。她感受得到清淨的氣息。

澪慢慢地回過頭去。一名年約二十歲的青年愜意地盤腿坐在那裡。是個面容秀氣、五官柔和的青年。他一身不穿袴的和服便裝，是絣紋的單層和服。光線應該很暗，青年的身影卻顯得分外清晰。

青年面露微笑：

「我叫忌部秋生。出生在秋天的秋生。是照手的主人。」

狸貓靠近青年，用頭磨蹭他。青年——秋生撫摸祂的頭。

「忌部……」

「對，忌部。妳也是忌部或是麻績這些家族的族人吧？」

他怎麼會知道？澪感到不解，但還是點點頭。秋生抿唇一笑：

「照手是職神，我是蠱師。我似乎不慎失足滑落，撞到要害，就這樣死在這裡了。」

對方說得輕描淡寫，澪也不小心平淡地附和了一聲「喔」。

「當時契約就解除了，但照手不願意離開我。」

秋生爲難地俯視照手。

「不過，那或許是爲了這一天。」

「咦？」

秋生抬眼盯著澪。他的眼眸柔和且清澈。

「祂把妳帶來了。」

澪歪起頭：「什麼……意思……？」

「還有懷念的人。」

入口的雨聲變了。澪驚覺回頭，發現高良站在那裡。

高良全身都濕透了。制服襯衫外穿著似乎是學校指定的深藍色開襟衫，一樣濕透了。

高良微微彎身，走了進來。劉海淌著水滴，沾濕了他蒼白的肌膚。

「你怎麼會在這裡……？」澪喃喃道，高良狠狠地瞪了她一眼。

「誰叫妳受傷了。」

他不耐地說，在入口附近坐下來。

「……你還沒超度啊。」

高良這話不是對澪說的。秋生發出靜謐的笑聲：

「沒想到還能像這樣再見到你。你現在叫什麼名字？」

秋生親暱地對高良說話。高良面無表情地回應：「叫什麼不重要。」

澪交互看著高良和秋生。

——凪高良是千年蠱，重生了無數次，所以……

「……是你重生成現在這模樣以前認識的人嗎？」

高良沒有回答，只是厭煩地撩起濕答答的劉海。反而是秋生笑著代他回答：

「沒錯，雖然不曉得是多久以前的事了。我是明治出生的，明治四十一（一九〇八）年。死於昭和三（一九二八）年。御大典⑦那一年。」

澪不知道什麼是「御大典」，只知道秋生在很早以前就過世了。

澪再次交互看著高良和秋生的臉：

「都重生了，卻認得出是誰嗎？」

聽到澪這個問題，秋生微笑：

「長相是一樣的。」

註

7：御大典即日本天皇的即位大典，在昭和三年（一九二八）年時所舉行的御大典，爲昭和天皇的即位典禮。

秋生看著澪的眼神帶著一股溫暖。這是爲什麼呢？

「不光是臉，連舉手投足那些都一樣，所以認得出來。」

是這樣的嗎？澪心想。

「……這傢伙沒有資格當蠱師，所以才會死掉，還死不瞑目。」

高良冷冷地說。這話實在太刻薄了，澪忍不住責備：

「欸，你們不是認識嗎？何必這樣損人？」

「不，他說的沒錯。」秋生婉轉地說。「我被他罵過好幾次，說我太傻了……。他是在擔心我。」

「擔心？」

「他罵我：你是在找死嗎？我愛上了必須詛咒的對象，結果遭到追殺，眞的很傻呢。」

秋生望向照手，搔搔祂的喉嚨。照手瞇起了眼睛。

「我必須咒殺一名少女，然而我卻下不了手。她是我的親戚，也是我的青梅竹馬。」

怎麼會要咒殺這樣一名少女呢？而且就算做不到，又有什麼問題呢？澪實在不懂。

「我遭到族人追殺，逃到這裡……結果不小心失足滑落了。」

「你是個大呆子。」

高良這話，讓秋生笑了起來：

「我對你也很抱歉。好不容易成了朋友說。」

高良咋了一下舌頭，卻沒有否定『朋友』這兩個字。他在生氣。是氣秋生沒有聽從他的忠告，還是氣他就這樣死了？

「她也已經死了吧。」

秋生感慨良多地呢喃說。若問生死，依時代來看，應該早就過世了，但秋生應該不是在說這個。

高良沉默著。秋生轉向澪：

「可以冒昧請教芳名嗎？」

澪心想，也不是什麼值得鄭重其事請教的芳名，回答：

「我叫麻績澪。澪標⑧的澪。」

秋生瞇起眼睛：

「啊，麻績家的……。澪啊，眞是好名字。」

「會嗎……？」

「澪是船行之路。我彷彿可以看見航向大海的船隻。妳是會航向汪洋大海的人。」

——是嗎？我連來到京都都得費盡千辛萬苦了……

「而且麻績澪——這個名字反過來讀，音也一樣⑨，是咒言。沒有盡頭的輪迴……是祈求長壽的名字。」

咦！澪驚訝瞠目。她第一次知道。

——是父母取的名字嗎？還是伯父伯母取的名？

「我的心上人名叫忌部八千代。名字同樣是祈禱長命百歲。」

澪小姐——秋生恭敬地叫了澪的名字。

「我有個請求。請妳幫我查查看八千代後來怎麼了。」

「咦？」

這意外的請求，讓澪忍不住反問：「什麼？」

「喂……」高良低吼一聲。秋生不理會，說：「我想知道八千代怎麼了。」

「可是她——」澪困惑起來。秋生自己不就說了嗎？八千代應該已經死了。而且如果想知道，問高良就行了。

澪望向高良，高良驀地撇過頭去。

「他也並非無所不知。」

對吧？秋生問高良。高良依然撇著頭，不發一語。

「請告訴我八千代怎麼了。這樣我才能瞑目。」

被這樣懇求，澪慌了起來。如果對方說這樣就能瞑目，拒絕說做不到，未免太冷血了吧。但就算要調查，又該從何查起？

「忌部……那麼她是忌部一族的人呢。」

「對，八千代是忌部本家的人，我是分家。」

那麼，向朝次郎打聽，能問出什麼眉目嗎？

註8：「澪標」爲用來指示航路的木標。「澪」在日文中爲水路、航路之意。
註9：「麻績澪」的日文讀音爲「おみみお」（omi mio），正讀反讀都是一樣的發音。

「我……我會查查看，但不敢保證——」

「沒關係，拜託妳了。」

秋生向澪行禮。澪感到十分奇妙。自己在對幽靈做出承諾。

「八千代死了，沒有別的了。」高良忍無可忍地憤憤說道。「你快點超度吧。」

秋生溫和地微笑：

「我是擔心你。」

「你這——」

高良說到一半打住了。秋生的身影就像燭火熄滅，倏忽消失了。感覺周遭突然暗了下來。秋生原本坐的地面上，有一團褪了色的深藍色絣紋和服，上頭一堆白骨。照手也不見了。

雨聲好像突然變強了。不對，是先前都對雨聲充耳不聞。事實上，雨勢反而變小了。很快就會停了吧。

唉……高良嘆了口氣。澪朝他看去，高良正一臉凝重地瞪著地面。蒼白的側臉好英俊。澪正看著，高良瞪著地面，厲聲說：「看什麼？」

澪有許多問題想問。
「你怎麼會跑來這裡？」
高良咋舌頭：「我說過了，因爲妳受傷了。」
「爲什麼我受傷，你要趕來？」
「……就是這樣的。」
聲音中的尖刺這時變鈍了。
「哪樣？」
「已經變成習慣動作了。我叫夜尺斯盯著妳。」
「夜尺斯？」
「我的職神。烏鴉。」
澪窺看四周：
「……盯著我……」
很可怕耶。
「妳不來京都，就不會遇到這種事。都是妳的錯。」
高良丟下這句話站起來，往洞口走去。雨停了。

「等、等一下！」澪想站起來，登時腳踝痛到呻吟。高良在洞口前停步。

澪用手撐地，朝他挪近身體：

「你該不會丟下我吧？」

高良板著臉俯視澪：

「妳那是向人求救的口氣嗎？」

「你要我說『請救救我』？」

「……這女人一點都不可愛。」

高良有些傻眼地嘆氣，在澪旁邊跪下來。

「妳想要用扛的，還是用揹的？」

「扛……？用、用揹的好了。」

高良默默地把背轉向這裡。是叫她趴上去的意思吧。澪小心地扶住他的背，把身體靠上去。身體一下子就被抬起來了。高良輕鬆站起，往前走去，彷彿背上空無一物。不僅如此，他還輕巧地登上斜坡。他的體能到底有多異於常人？澪不只是驚訝，簡直是害怕起來了。他果然和一般人不一樣嗎？但澪身體底下的高良的背，是確實擁有體溫的人體。也感覺得到肌肉的活動與呼吸。

「……問一下，」

澪出聲，但高良沒應聲。澪逕自說下去：

「我要怎麼叫你？凪同學？高良同學？」

高良不回答，但澪就跟他比氣長，耐著性子等他回答。一會兒後，高良應道：「妳已經知道我的名字了吧？」

「名字……？」

千年蟲。不，不對。澪叫過一次。雖然不知道為什麼，但她就是想到那個名字，並說出口來。

「巫陽？」

高良停下腳步，隨即繼續爬上斜坡，作為回答。

「巫陽是你的名字嗎？我怎麼會知道你的名字？」

沒有回答。澪沉不住氣，搖晃高良的肩膀：「回答我啊。」

「不要亂動，把妳丟下去喔。」

不是「會掉下去」而是「把妳丟下去」，澪停止搖晃。

「很快地，妳不願意也會知道為什麼。」

高良靜靜地說。登上斜坡，回到健行步道了。烏雲散去，陽光開始射下。穿透樹葉落下的碎陽將濕葉與岩石照得閃閃發亮。高良重新背好澪，走下山路。高良沒有再說什麼，澪也沒有開口。她有著滿腹疑問，卻無法構成話語。她陷在一種奇妙的感受裡。怎麼會這樣呢？澪強烈地感覺，她曾經像這樣被高良揹在背上。就如同她早已知道巫陽這個名字。

一股近似焦躁的情緒湧上心頭。明明知道，卻不明白。自己的內在有自己不明白的部分。明明是自己的事，卻感到害怕、懷念。鄉愁揪緊了她的心口。

「……你住在八瀨對吧？」

澪好不容易擠出這句話。高良應了聲「嗯」。

「你的家人呢？」

「我沒有家人。」

「你一個人住嗎？」

「我有職神。」

一會兒後，他補了句：

「我沒辦法跟人住在一起。」

語氣決絕、容不下質疑或反駁。

——這個人到底重生了多少次？

澪忽然想像起那漫長得可怕的歲月。高良等於是活在漫長到幾乎令人昏厥的無盡時光之中。無從想像。居然連死亡都無法結束這一切。

——這……

不會太孤獨了嗎？

「你爲什麼要疏遠我？可是又對我伸出援手，爲什麼？」

沒有回應。

明明直接觸碰著高良，卻覺得他的心在遙不可及之處。他拒絕任何事物靠近他，然而又像這樣背著澪救助她。怎麼會這麼矛盾？

高良悠然走下不動院的石階。沒有人與他們擦身而過，閑靜極了。四下瀰漫著雨後的濕土氣味。除了小鳥啁啾聲與振翅聲外，還有雨水滴落的聲音。高良來到弘法大師像前，停下腳步，蹲下來把澪放下。

「怎——」

澪還沒說下去，就看到一頭小獸從石階底下跑了上來。是一頭白狐。

「啊，松風？」

是八尋的職神。松風看到澪，抬起鼻頭，「嗷」了一聲。

「啊，找到了，找到了。小澪！」

八尋踩著悠閒的步伐走上石階。手上拿著雨傘。「這石階對我這把年紀太折磨了，唉……」

「麻生田叔叔，怎麼了？」

「雨下得好大。玉青嫂說妳跑來這裡，遲遲沒有回去，還下了雨，可能被困住了，派我跑腿來接妳。」

八尋打量澪的全身：

「妳怎麼全身泥巴？跌倒了？有沒有受傷？」

「腳有點扭到——」

澪正想說是高良把她揹過來的，但回頭一看，高良已經不見了。躲到哪裡去了？

「扭傷了？能走嗎？都走到這裡了，還能走是吧？要我扶妳嗎？」

澪拖著疼痛的腳，在八尋攙扶下步下石階。

「腳扭傷成那樣，還能走到這裡，妳也太拚了吧。回去以後去醫院吧。」

「貼個藥膏應該就沒事了。」

「不行不行，這種傷得立刻去給醫生好好治療，才會好得快。」

「喔……」

「我說小澪啊，妳得更珍惜自己的身體啊。哪像我，一點小傷也會立刻衝去醫院。受傷很可怕的。」

「喔……」

八尋很聒噪，澪好幾次被他分散注意力，差點踩空石階。好危險。

回到紅莊以後，看到每次出門都帶傷回來的澪，玉青擺出可怕的表情，宣布：

「從今以後，妳出門都要有監護人跟著。」

「什麼監護人……？」

「暫時由八尋來擔任。」

「咦？我可沒那麼閒。」

「只有假日而已，也不是每個星期，這點小事，你不會推辭吧？」

「呃……」

「我也有點……」澪說。

「那，不管是我，還是朝次郎陪都好，總之妳不可以一個人外出。」

「是……」

紅莊裡沒有人能忤逆玉青。雖然不知道爲什麼，但就是沒辦法頂撞她。人際關係就是像這樣建立起來的吧。就像狗群的上下階級。

澪沖澡洗去頭髮和身上的泥巴後，讓八尋開車送她去醫院，接受治療回來時，已經是晚飯時間了。

「幸好沒有大礙，但得安靜休養一陣子喔。」

玉青把飯菜端到矮桌上說。澪順從地回應「是」。雖然很沒規矩，但她把包了繃帶的腳伸直了坐著。矮桌上有肉豆腐、鹹甜蓮藕、芝麻拌菠菜、米糠醃小黃瓜和茄子等。再加上剛煮好的白飯及白菜味噌湯。擺上四人份的餐具後，矮桌幾乎沒有空間了。

「小澪，妳的腳這樣，學校怎麼辦？」玉青問。

「我會去上學。」

「不是，我是問妳要怎麼上學？」

「啊——我借了拐杖，撐拐杖上學。」

「妳還要繼續坐公車上下學？太辛苦了吧。叫八尋接送吧。大概一個星期就不用拐杖了吧？」

「不用了，謝謝。」

實在不好意思麻煩別人這麼多。正在大嚼白飯的八尋也露骨地一臉「饒了我吧」的表情。

「小澪妳得再厚臉皮一點才行。像八尋那樣。」

「我這叫一般好嗎？」

「就是要厚臉皮到這種程度。小澪眞的——」

澪覺得這樣下去，眞的會被玉青成功叫八尋接送，強硬地轉向朝次郎搭話：

「那個，朝次郎伯伯。」正默默動筷的朝次郎「嗯？」了一聲抬起目光。

「朝次郎伯伯是忌部一族的人對吧？」

「對啊。」

「伯伯知道忌部八千代這個人嗎？」

嗒啦！一道堅硬的聲音引得澪轉過頭去，是玉青手中的筷子掉落了。她一臉蒼白地看著澪。

「怎麼了……？」

把目光轉回朝次郎，他的表情依舊。但他放下筷子，看著澪的臉。

「妳聽誰說的？」

「咦？」

「那個名字。」

「……忌部秋生先生告訴我的。」

正確地說，是秋生的幽靈。朝次郎蹙眉：

「忌部秋生……？他應該早就死了。雖然我聽說未能確定他的生死，但他是我祖父那一代的人了。」

「他過世了。」

聽到澪的回答，朝次郎似乎悟出是怎麼一回事，按住了額頭。

「這樣啊。那個職神是因爲忌部秋生的靈魂在那裡，所以才不肯離開嗎？」

「伯伯知道那隻狸貓是秋生先生的職神嗎？」

「職神是屬於氏族的。」

朝次郎按著額頭，沉吟了一聲。

「我聽說忌部秋生是個叛徒。他背叛一族逃亡，族裡派出追兵，卻沒有抓到他。因爲是上上一代的事了，我也不清楚詳情。」

「可是，那八千代小姐呢？」

「忌部八千代是本家的千金。聽說她也背叛了族人……。我跟玉青都是忌部分家的人，本家複雜的內情，有許多我們都不曾聞問。而且八千代這個名字，從以前就是禁忌。」

澪看著表情苦澀的朝次郎，接著看向玉青。玉青的表情沒有朝次郎那麼難解。她難掩內心的震驚。她知道八千代的事。但即使當著朝次郎的面問她，八成也問不出答案吧。

——爲什麼有些事情大家都要瞞著我？

有某些祕密。澪一直這麼感覺。儘管氣憤，但她也清楚即使逼問，也無法讓大人開口。

「那，只要向本家的人打聽，就能知道了吧？忌部的本家——」
「本家已經沒有了。」
「咦！」
「本家已經斷絕了。只留下分家，本家斷絕，這也實在諷刺。」
「……」
眞的嗎？如果是謊言，很快就會被拆穿，所以是眞的嗎？可是這樣一來，就無從查起了。
——幫不了秋生先生嗎？
澪垂下頭去，起居間陷入沉默。八尋打破了這片沉默：
「唔，我是不清楚怎麼個情況，不過先吃飯吧。飯菜都要涼了。」
有些傻氣的輕快聲音，讓澪也卸下了肩膀的緊繃。她打起精神，端起飯碗。
用完晚飯，澪正要回房間，八尋叫住了她。
「小澪，妳想去忌部本家嗎？」

走廊上只掛著一顆老舊的電燈泡，十分陰暗。面帶笑容的八尋的臉也罩上陰影。

「可是，朝次郎伯伯說本家已經不在了……」

「本家是沒了，但還是有子孫，房子也還在。」

「咦！」

「朝次郎叔心眼也真壞，故意不說。」

八尋笑道。

「忌部本家已經不做蠱師了，不過老人家的話，應該還知道一些過去的事吧。——要我帶妳去嗎？」

澪盯著八尋的臉看。看不出嫌麻煩的神色。

「……你要多少？」

「妳把我當什麼了？守財奴嗎？我才不會跟小孩收錢。」

「如果麻生田叔叔願意幫這個忙，我真的很感激。」

「沒問題，等妳將來發達了再來謝我。」

果然還是要錢嘛！——澪心裡嘀咕，但沒有說出來。

要出門的日子，他偏偏就會過來。

是漣。

「你又跑來了？」

提著行李袋站在玄關口的漣狠狠地白了澪一眼。可能是氣溫比上次來的時候更涼了一些，他在襯衫外面披了件卡其色外套。

「聽說妳受傷了。媽很囉嗦，叫我來探望妳幹嘛的，所以我來了。」

「探望？太誇張了啦。只是腳扭到而已，而且已經好得差不多了。」

一星期過去，澪已經恢復到不需要拐杖也能行走了。

「是玉青伯母說的嗎？」

「妳真是有夠傻。是八尋叔叔說的。」

「麻生田叔叔說的？」

「妳一點觀察力都沒有呢。他是爸的眼線。」

「眼線！」

聲音走調了。

「別把人說得那麼難聽。」

八尋從屋內走廊笑著現身。他穿著粗織紋的原色毛衣，搭配米色長褲，手中把玩著車鑰匙。

「我是受潮大哥之託，定期向他報告而已。」

潮是伯父的名字。「伯父拜託你……？」

「他放心不下小澪啊。」

──那，怎麼不直接打電話給我就好了……？

「伯父在監視我。」

「不用想得那麼糟糕。」八尋苦笑。「坦然接受長輩擔心的心意就是了嘛。」

澪撇開臉，垂下頭去。

「那，你們要去哪裡？」漣問八尋。

「忌部本家。」八尋簡短地回答。

「好。我去放個行李。」

漣天經地義要跟來。放下行李袋回來的漣，肩上只搭了個細長的布包。那東西從剛才就一直掛在漣的肩上，澪有些好奇。裝在錦袋裡的那東西，從長度來看，感覺像是日本刀，但看上去又細又輕，應該不是。

「那是什麼？」澪問。

「跟妳無關。」漣一句話堵回來。

漣有時候會過度保護，但有時候又對澪莫名冷淡。他從以前就是這樣。

「大老遠從長野趕來，漣人也真好。」

八尋笑道，漣語氣苦澀、恨恨地說：

「……要是澪受傷，挨父母罵的人會是我。」

澪知道。從小開始，每次被邪靈追趕，漣就一定會趕來救她。如果漣沒來得及，澪受了傷，或是生病，伯母就會數落漣：「你怎麼沒有顧好小澪！」

盤踞在漣心胸的感受，澪看似明瞭，其實並不理解吧。就如同澪的想法，漣也並非瞭若指掌。

漣轉向澪，氣呼呼地說：「妳穿件外套吧，會感冒的。」澪穿了件薄料的黑色高領上衣搭配白色長褲，一頭長長的黑髮束在後腦。她覺得又不冷，但沒有頂嘴，去拿了長開襟衫出來。

「忌部的本家在修學院。一乘寺也是，京都的蠱師多半住在東北邊。東北是鬼門。」

八尋邊開車邊說明。

「本家因爲繼承人陸續死去，後來一家就四散了。好像也曾經提過要從分家收養子，但爲了要從哪個分家收養子而起了糾紛，最後無疾而終。聽說朝次郎叔也曾是候補人選。」

「他完全沒有提到……」坐在後車座的澪喃喃說。漣坐在副駕駛座。

「朝次郎叔都沒有說呢。他其實滿老狐狸的。玉青嫂也是，在忌部的分家裡，她應該算是比較接近本家的。但她因爲沒有當蠱師的資質，所以離家……是怎麼跟朝次郎叔變成夫妻的，我也不清楚。眞是個謎。」

咯咯咯，八尋笑道。

「你知道好多事。」

「嗯，掌握情報比較有利嘛。」

澪看著後照鏡裡八尋的笑臉。她覺得八尋似乎也很清楚麻績家的家庭內情。

「麻生田也有本家分家那些嗎？」

「嗯……說有也是有，不過麻生田也不是忌部或麻績那種望族。忌部也在本家斷絕之後就式微了。因為分家之間後來相互鬩牆。」

澪感覺，八尋不著痕跡地躲掉了麻生田的話題。是不希望別人觸及嗎？

「八尋叔叔不會回去麻生田家嗎？」

人家都閃避了，漣卻硬要追問，心眼實在很壞。

「不會呢。我是個不孝子。得效法一下漣才行。」

漣沉默了。八尋賊笑著。

「……忌部家本家斷絕的話，那現在是誰在修學院？」

澪改變話題。

「記得有個老婆婆。叫什麼名字去了？嗳，見了面就知道了。」

從一乘寺到修學院，開車的話，沿著白川大道一路往北行，很快就到了。

是修學院離宮所在的清幽住宅區。

修學院這個地名就和一乘寺一樣，是來自該地的寺院名稱。兩間寺院都是平安時代創建，但據說在延曆寺與園城寺兩造的抗爭與戰亂之中圮毀了。

修學院離宮是江戶時代，後水尾上皇所營造的山莊，從建築物到庭園，都傾注了極大的心血及講究。當時盛行大名⑩家窮奢極侈地興建大規模庭園，稱爲「大名庭園」，因此修學院離宮或許也算得上是那種流行風潮之一——八尋在路上提到這些。

聽說忌部的本家在山腳，八尋的車子爬上平緩的坡道，深入綠意。山間的樹木距離轉紅似乎還早，沿路都是門面氣派宏偉的大豪宅。車子駛入巷道，在一棟遠離其他屋舍而建的日式大宅前停下。占地廣闊，以石牆和竹柏籬笆圍繞。籬笆沒怎麼維護的樣子，枝椏任意伸展，讓澪覺得很可惜。也因此儘管建築物豪華，卻有種荒廢之感。大門位在深處，古老的門牌寫著『忌部』二字。

「那，事情辦完連絡我，我再過來接。」

八尋這麼說，澪反問：「咦？」

「麻生田叔叔不來嗎？」

「我去幹嘛？我又沒事。老人家說話很無聊，麻煩死了。」

註

10：江戶時代，直屬於將軍、俸祿一萬石以上的武家稱爲大名。

八尋滿不在乎地說。讓澪和漣下車之後，車子就開走了。澪穿過大門，前往玄關。雖然已經不需要拄拐杖了，但還是得護著尚未完全痊癒的腳慢慢走。不過也不需要漣來扶，澪一個人走。漣也沒有要幫忙的意思，走在澪的前面。

「草都沒除。這裡眞的有人住嗎？」

漣碎唸著。鋪路石之間雜草叢生，屋前寬闊的庭院也一樣。面對庭院的遮雨板完全緊閉，也讓人擔心住戶是否不在。正當澪這麼想，一片遮雨板發出喀噠聲響打開來了。一名老婦人現身。是個穿胭脂紅毛衣的嬌小老婦人。她辛苦地推動遮雨板。

漣快步走過去：

「我來幫忙。」

「咦？」老婦人疲倦地喘了口氣，轉過頭來。她眨了眨眼看向漣：「你是哪位？」

「我是麻績家的人。您知道嗎？長野的……」

「啊，麻績村的。好久沒見到麻績家的人了。最後一次見到，應該是先母的葬禮吧。跟那邊的親戚都沒有來往了。」

「我們搬到這裡來。」

可能是懶得說明詳細原委，漣這麼說。

「咦，這樣啊。那，你們來這裡有什麼事？」

老婦人狐疑地打量著漣和他身後的澪。

「我們想請教一下以前的事……。遮雨板要全部打開嗎？我來。」

漣雖然不熱情，但俐落地說，開始打開遮雨板。遮雨板讓老婦人費盡辛苦，漣卻輕鬆地一片片推開來。這種時候，漣不會畏畏縮縮。也許是因爲在麻績村，他經常和附近的老人家打交道。澪一方面覺得羨慕，也純粹地感到尊敬。這是怕生的澪做不到的事。

「謝謝你幫忙。上了年紀，連開個遮雨板都折騰死人了。」

把遮雨板全數打開後，澪和漣在簷廊坐下來，老婦人泡茶給他們。老婦人名叫梅津以知子，說她的母親是忌部家的長女。

「我不是住在這裡，大概每星期來個一次，給房子通通風。房子要是沒人住，一下子就壞了。不過只是偶爾過來，跟沒人住也沒兩樣，房子到處都是毛病。可是，也沒有人想住在這兒，沒法子啊。」

「沒有人想住？爲什麼……？」

聽完以知子牢騷般的話，澪問道。

「覺得很可怕啊。每個人都說，這屋子裡好像有人。不管是表親們，還是我弟妹都這麼說。所以沒有人想靠近這兒。」

畢竟是老房子了嘛，以知子說著，回望屋內。面對簷廊的紙門全部關上了，因此看不出所以然，但澪覺得屋內安靜得詭異。沒有人住，安靜是當然的，但比起沒有人煙的安靜，更像被封閉在雪地裡，是一種異樣的寂靜。

「……您知道忌部八千代這個人嗎？」

聽到澪說出口的名字，以知子好半晌定在了原地。她嘴巴半張，眼睛眨也不眨，直看著澪的臉。

「八千代……我聽先母提過。是先母的妹妹，也就是我的阿姨。她很年輕就過世了，所以我沒有見過。」

「很年輕就過世了……」

「我聽說是病死，但不清楚。先母老是說，『我們家會毀掉，都是八千代害的』。」

「八千代害的？這是什麼意思？」

「我也不是很清楚。我母親雖然老愛嘮叨這件事，但要是問她八千代阿姨的事，她就會橫眉豎目地發脾氣。我當時年紀雖小，但也看出阿姨的名字是禁忌，不敢多問。我猜阿姨可能是跟人私奔了。」

──私奔。不太可能只是這樣而已……

以知子這一代的人不知道的話，果然已經沒有人知道八千代的事了嗎？

「那，沒有其他人知道八千代女士的事了嗎？」

「這個嘛，要是我母親還是舅舅還在世，就可以問他們了。我舅舅是忌部家的繼承人，但是在工作的時候過世了，後來忌部家好像就衰落下去了。」

說到這裡，以知子像在觀察澪和漣，說：「我說的工作，你們懂嗎？蠱師的工作。」澪和漣輕輕點頭。

「聽說是詛咒失敗了。麻績家的話應該知道吧。幹蠱師這一行，信用很重要。信譽有了瑕疵就完了。本家裡頭，沒有其他蠱師了。守著這個家的人，我女兒大概是最後一個了。──啊，對了。」

以知子以手撐地，「嘿呦」一聲站了起來。

「我想起來了。有照片。」

「照片？」

「八千代阿姨的照片。她長得很美，記得她穿著絞染花紋的高檔和服。」

以知子口中說著，打開紙門進入和室裡。「是黑白照，所以不知道是什麼顏色，但應該是深紫色的絞染吧。記得小時候在櫃子裡看過……」以知子口中繼續唸個不停。紙門只開了一條縫，裡面很陰暗，看不清楚。有股酸敗的霉味，是因爲長年無人居住的關係嗎？以知子說她是來給房子換氣的……。「和服也是，好一點的都賣掉了。唉，眞是可惜。這房子已經沒有像樣的好東西了。」傳來以知子的呢喃聲和翻找東西的聲音。疑似衣襬在地上拖行的沙沙聲，是什麼聲音？

「……澪。」

漣抓住澪的手。

「啊，找到了，找到了。在這裡。」

以知子明亮的聲音。

「找到照片了，你們過來看，這就是八千代阿姨。」

以知子在和室裡呼喚兩人。室內陰暗，澪睜眼細看，卻沒看見以知子的身影。

「怎麼啦?進來吧。別客氣。」

只聽到聲音。

「那裡很暗，可以請您過來這邊嗎?」

漣對著和室說。

「……我膝蓋痛，不方便走動。」

隔了一拍，傳來不悅的聲音：

「怎麼可以使喚老人家?快過來吧。」

紙門敞開了。然而和室裡依舊陰暗。以知子坐在深處，暗得看不到臉。之所以陰暗，是因爲室內充斥著黑色的蜃影。

「快過來啊……」

以知子伸出手來。蜃影幽幽晃動，抓住澪的手拉扯。澪痛得尖叫，那力道大到幾乎快把她的手給扯斷。澪往一旁倒去，就要被拖進和室裡。

漣行動了。他打開掛在肩上的袋子口，從裡面取出像棒子的東西。看起來像是一根有節的細竹杖。然而漣握住那根杖一拉，裡頭冒出刀身來。

——刀？

澪還來不及驚呼，漣已經一刀揮去。刀子砍斷了抓住澪的手的霧氣。野獸咆哮般震耳欲聾的吼聲響徹四下。

漣拋下刀鞘，抓住澪的手往前跑。因爲腳痛，澪跑不了多遠。她被漣拉著，勉強跑到大門前，在那裡跌倒了。漣回望身後，澪也用手撐地看向房子。和室的紙門關得嚴絲合縫，看上去就是一棟平凡無奇、午後陽光下的老房子。

澪調勻呼吸，仰望漣：

「以……以知子奶奶是……」

聲音顫抖。

——難道是幽靈？不，可是那確實是人……

簷廊還留著以知子端給他們兩個的茶。

漣默默地再次走向屋子。「啊，等一下。」澪站起來，拖著疼痛的腳追上去。

「漣兄，那把刀是……」

「從家裡拿來的。這是杖刀，自古以來就用在蠱術上。」

漣撿起丟在庭院的刀鞘，收起刀子。「九節杖刀，老東西了。」

「我看過這把刀……」

澪喃喃道。是在哪裡看到的？刀柄是紫檀，握把處以樺樹皮包纏，共九節的淡竹刀鞘上了生漆，散發光澤。刀是直刀，刀身應該有嵌金的星辰和雲朵圖案。

「我可不是偷偷拿出來的。有跟爸報備，取得同意的。」

只有職神，實在不夠可靠——漣這麼說，提著杖刀，直接穿鞋踩上簷廊，沒有絲毫遲疑地打開紙門。以知子坐在裡面。異於方才，室內並不陰暗，也沒有黑色的蜃影。以知子拿著一張照片，口中咕噥不停。

「對，應該也有這件和服……在櫃子裡……都沒了……阿姨擅自拿去賣了，跟小偷沒兩樣……」

「以——」

澪正要出聲，這時汽車引擎聲靠近大門，停了下來。

——是麻生田叔叔嗎？

漣迅速走下簷廊，把杖刀收進袋子裡。

「咦？是客人嗎？這裡沒有人住了啊。」

走過來的是一名年約六旬的婦人。身形富態，穿著花朵圖案上衣，外罩藤紫色開襟衫。自然捲的短髮染成深棕色，反而突顯了髮根的白髮。

「我們姓麻績，是忌部家的親戚。因爲搬到京都來，所以過來問候一聲。」

漣流利地說出煞有介事的說詞。

「麻績？這麼說來，好像有這樣一門親戚……。不好意思啊，我不是很清楚。這裡是我外婆家，可是這房子沒有人打理，所以我偶爾會過來打掃。」

「外婆……」

「咦，媽！妳果然跑來這裡了。」

婦人高亢地喊了一聲，從簷廊進入屋內。「啊，眞是的，看妳又弄得這麼亂。我來整理。」

和室裡就像婦人說的，亂成一團。五斗櫃的抽屜全被拉出一半，衣物垂掛在邊緣，手帕、絲巾等掉在榻榻米上。壁櫥的紙門也打開來，裡面的被褥被拖出來。其他還有傳單、照片等散落一地。以知子一臉呆滯地坐在其中。以知子陡然抬頭，瞪向婦人：

「什麼弄亂，我是在找東西。找和服。喏，不是有件絞染花紋的和服嗎？怎麼找也找不到，果然是被阿姨拿走了。東西都被她拿走了。」

「是是是。」

婦人敷衍地應聲，開始撿拾榻榻米上的物品。

「失智了。我們就住在這附近，但一個不留神，家母就會跑到這裡來。因爲這個家一直是她在打理，習慣動作了吧。現在的事她迷迷糊糊，以前的事卻記得很清楚。抱怨膝蓋痛、喘不過氣，卻還是會自己走到這裡來，只有身體健康得很，眞傷腦筋。」

婦人看也不看澪和漣，語帶嘆息地說。

「要是路上出車禍就糟了，所以我們一發現就會趕快把她帶回家。——所以這裡已經沒有忌部家的人了。已經很久沒有人住了。」

澪本來要說「這樣啊」，被以知子的聲音蓋過了：

「啊，眞是，這個家不管怎麼打掃，就是一直跑出螞蟻來。看，那邊，這邊也是，一堆黑螞蟻……」

朝以知子指的方向一看，那裡盤踞著黑色的蜃影。剛才四散的邪靈，似乎又再次聚集過來了。

「不好意思。」漣說，走進和室，把紙門全部打開來。他往更深處走去，好像開了窗戶，風穿過房間。原本淤積在和室裡的黑色蜃影被風一吹，消失了。

「盡量通風比較好。這屋子容易累積濕氣。」

折返的漣向婦人建議。婦人有點被任意走進來開窗的漣嚇到，但點點頭說：「對啊，這房子霉味很重……」

以知子盯著半空中，下一秒手撐榻榻米，想要站起來。一張照片從她的手中滑落。

「怎麼了？媽？要去廁所嗎？」婦人扶著以知子離開和室。

照片像樹葉翩翩飛舞，落在簷廊上。澪把它撿了起來。

澪屏住了呼吸。她盯著照片，整個人僵住了。

「……澪？」

漣訝異地從旁邊探頭看照片，同樣地啞然失聲。

——這就是八千代？

照片上是一名穿著總絞染和服的年輕女子。頭髮梳成漂亮的髮髻，目光對著這裡，隱隱含笑。

那張臉，和澪就像同一個模子印出來的。

澪經過狸谷山不動院深處的山路，前往前些日子的石洞。她小心地抓住樹枝，走下當時滑落的斜坡。山裡的樹葉慢慢地轉紅了。落葉腐爛的氣味充塞了四下。腳已經好了。讓腳休養到能夠扎實踩地的這幾天，感覺度日如年。

「聽說八千代小姐年紀輕輕就過世了，但不清楚死因是什麼。」

澪在石洞入口這麼說。深處傳來回應：

「這樣啊，謝謝妳。」

秋生柔和地微笑。澪注視著那張臉：

「告訴我，你就是爲了這個目的，才拜託我去查八千代小姐的事的吧？」

澪逼問秋生。

「為什麼八千代小姐長得跟我一樣？你說過，凪高良——千年蟲重生之後，相貌還是一樣，所以你認得出來。」

「啊，凪高良，他現在叫這個名字嗎？字怎麼寫？」

「平靜無風的凪，高大的高，優良的良，高良。」

「凪……好名字。他在我的時代，叫做汐見直彌。好懷念。」

對吧？秋生對著洞口笑道。回頭一看，高良站在那裡。是跟著澪過來的嗎？高良微微蹙眉，默默走進來，在澪的稍後方憑靠在岩壁上。

「八千代是被邪靈吃掉了。你早就知道了吧？因為每一次都是如此。」

高良以摒除了感情的聲音說。秋生落寞地微笑。

「那是我對她施下的詛咒。八千代因為這個詛咒而死。八千代之前、還有更之前都是……。你大可以恨我、詛咒我。」高良說。

秋生面露微笑，微微搖頭，望向澪：

「來聊聊往事吧。古早以前的往事。在遙遠的過去，渡海來到這個國家的一行人當中，有個咒禁師，那就是千年蟲。千年蟲甚至受到天皇重用，是麻績王識破了他的眞面目，然而麻績王卻與兒子們一起遭到流放，麻績一族也流散各方。但事情當然並未就此結束。也有一些族人留在了京城。多氣王女也是其中之一。」

「多氣王女？」

秋生以溫和的聲音回答「麻績王的女兒」。

「眾人皆說，能打倒千年蠱的就只有多氣王女了。因爲多氣王女是能降神的巫女……」

澪心頭一凜。——能降神的巫女。

「然而事與願違。多氣王女並沒有打倒千年蠱。多氣王女……愛上了千年蠱。」

秋生筆直地注視著澪的眼睛。那雙清澈透明的美麗眼睛，令澪心神搖顫。心中有個聲音在說：我不想再繼續聽下去了。

「多氣王女成了一族的叛徒。因此一族策畫要把她和千年蠱一同葬送掉。他們慫恿多氣王女，要她和千年蠱一起逃到無人的土地，讓她上了船，然後告訴千年蠱，說多氣王女拋下他逃走了。憤怒的千年蠱追上多氣王女，用職神把船沉了。」

忽然一陣寒意襲來，澪哆嗦了一下。她抱住自己的身體，蜷縮起來。呼吸變得淺急。在背後沉默的高良讓她感到詭譎。

「麻績一族抓住千年蠱被憤怒沖昏頭的破綻，全族出動，把他殺了。憤怒的千年蠱在斃命的前一刻，下了詛咒。他的憎恨全指向多氣王女一個人。他如此詛咒——當千年蠱重生之時，多氣王女也會隨之重生，並且在二十歲以前，遭到邪靈吞噬死亡。」

不知不覺間，澪的口中發出呻吟。邪靈們嘲笑她活不到二十歲的聲音，在腦中不斷地迴盪。

「千年蠱原本就因爲古代咒術師的咒術，即使死去也會重生，注定永遠帶來禍害。而多氣王女天生體質就會招引邪靈。因爲是巫女，因此或許不只是神明，也會吸引邪靈。千年蠱與多氣王女，這兩者天生就是會彼此吸引的存在。因爲千年蠱是以邪靈做爲糧食。」

秋生垂下目光：

「……每回多氣王女重生，都受到邪靈侵擾，靈魂嚴重磨耗，不到二十歲就香消玉殞了。被邪靈吞噬，就是這個意思。即使解開了誤會，千年蠱對多氣王女施下的詛咒依然無法解開。妳能體會嗎?千年蟲每次重生,都必須看到心愛的人因自己施下的詛咒而死去,那究竟是什麼樣的滋味……」

「別說了。」

高良開口。聲音就像野獸低吼。他蜷起身子,抱住了膝蓋。

「和千年蟲不同,重生後的多氣王女沒有記憶。沒有人知道這是不是下詛咒與受詛咒的人之間的差異。因爲千年蟲自己,也是被咒術者利用來詛咒的。……不過奇妙的是,重生後的多氣王女雖然沒有記憶,但似乎仍會被千年蟲吸引。其中也有人愛上了千年蟲——就像八千代那樣。」

這時秋生淡淡地笑了。是不帶一絲柔軟的、乾硬的笑。

「我們蟲師決定不再追殺千年蟲,而是只監視他。因爲就算殺了他,也只會加速他重生的速度。但若是兩人相戀,狀況就不同了。多氣王女會助長千年蟲的力量。」

「……因爲會吸引邪靈。」

澪喃喃道,秋生點點頭:

「千年蟲和多氣王女是不能相遇的。」

可是——秋生說到一半，又噤口不語了。薄薄的暗影落在那張臉上。澪看著他的臉，遙想八千代與千年蠱。

「若是兩人勾結爲禍，災禍將不堪設想。他們可以利用詛咒，輕易讓一個國家陷入動亂，甚至滅亡……就如同奈良時代險些如此。蠱師們這麼認爲，竭力抹殺兩人。尤其是生出八千代的忌部一族。」

我的家族亦是如此——秋生說。

「八千代小我兩歲，是我的青梅竹馬……我從來沒辦法對八千代說不。不管她提出任何要求，我都無法拒絕。」

秋生寂寞地笑了。

「我想要讓他們兩個逃走。和古時不同，這個國家幾乎沒有能夠躲藏的地方了。但若是要逃出生天，還是只有山裡了。只要躲在山裡，或許還有希望……」

「所以你來到了這座山？」

秋生點點頭：「我是誘餌。他們兩人應該要逃向吉野……」

「我沒有和八千代一起逃走。」

高良低低地說。

「不可能永遠逃亡下去。所以我留下八千代，一個人離開了京都。」

我以爲這麼做是對的——高良聲音沙啞地說。

「那八千代呢……？」秋生細語地問。是不想問、卻又不得不問的語氣。

「八千代被邪靈吃掉了。忌部的人抓住八千代，把她丟進用來封印邪靈的結界裡。八千代活活地被邪靈吞噬死去。——是我害死她的。」

高良淡淡地說。

「詛咒我吧。」

高良冷漠、憤恨地對秋生說，低下頭去。

秋生不發一語，只是以寂寞的眼神直盯著高良。濘想像每次自己遭到邪靈攻擊時，都趕來搭救的高良是何感受。高良無法不這麼做。因爲他再也不想看到多氣王女的靈魂被邪靈殘忍地吃掉的景象了。

——我……

之前自己還爲了釣出高良，故意讓邪靈攻擊，她眞想踹那時候的自己一腳。

「八千代很頑固嘛……」秋生以吟唱般柔軟的嗓音說。「對吧？她就是這樣。我根本無可如何。但這就是八千代。……重生之後也無法遺忘，這實在太痛苦了……」

高良抬頭，看向秋生。

「要是能忘掉一切就輕鬆了……」秋生說。

高良眨了眨眼：

「我很慶幸沒有忘記。」

這話讓澪看見了高良——巫陽的歷史。這句話裡面，究竟凝縮了多少歲月？這句話是如此地深邃，卻又豁達。

秋生感嘆般吁了一口氣，微笑說：

「我有個請求。」

「對我嗎？」

「對。我覺得一直曝屍在這裡也不太像話，可以找塊地，把我的屍骨給埋了嗎？希望可以埋在你附近。這樣就不寂寞了。」

高良點點頭：

「好。——你快點超度吧。」

哈哈，秋生留下一聲笑，消失不見了。澪覺得四下突然轉暗、變冷了。留下的只有一堆白骨。高良走近，脫下身上的開襟衫，撿起骨頭放上去包起來，走出岩洞外。「於菟。」他召喚那頭老虎。於菟現身高良面前。高良讓祂叼住包起的開襟衫，簡短交代「送回八瀨的房子」。於菟掉頭，一眨眼便消失在樹木之間。

目送於菟之後，高良離開岩洞前方。澪追了上去。

「巫——」

她還沒說出下一個「陽」字，高良便回頭：

「如果妳想要解開詛咒，只有一個方法。」

「什——什麼方法？」

「就是妳親手殺了我。」

一陣風吹過。腐葉的氣味。樹葉飄落，掠過眼前。澪眨了一下眼，高良的身影已然消失。

澪怔立在飛舞的落葉中，反芻著高良的話。

——我親手、把他……？

天旋地轉。

嗷的一聲，引得澪回頭。石洞前有隻狸貓。

「照手……」

澪蹲身伸手，照手跑了過來，頻頻嗅聞澪的手。

「你被拋下了嗎？你不跟過去嗎？還是追不上老虎的腳程？」

照手渾圓的眼睛只是盯著澪看。

「……你要跟我一起來嗎？」

應該不會吧——澪這麼想，展開雙手，意外的是，照手委身在澪的懷抱裡。

「眞的嗎？你要當我的職神嗎？……因爲我是八千代小姐重生後的樣貌嗎？是秋生先生珍愛的八千代小姐……」

澪抱起照手，撫摸著祂的毛皮。粗粗的。

——我到底是誰呢……？

多氣王女、忌部八千代，沒有半點印象的名字們。總覺得腳底虛浮。

「我……」

風捲起落葉而去。

＊

八瀨的樹木逐漸染上了秋紅。然而在黑夜之中，看上去也只是一片沉黑。

「……不是叫你趕快超度了嗎？」

高良佇立在庭院，瞥了旁邊一眼。

「我自己好像無法作主。」

秋生在笑。高良把他的遺骨埋在庭院裡，原以爲這樣就能讓他超度了。

「或許是因爲放不下你。」

「少說蠢話了。」

「八瀨的景色也眞是不錯。」

幽魂悠哉地笑道，眺望星空。

「……要是她能殺掉你就好了。」秋生說。

他知道，這是高良唯一的願望。

結束這一切吧！殺了我吧！每當發現重生後的多氣王女，高良便如此祈禱。

「是啊。」

高良仰望夜空。鑲嵌在夜空的點點繁星清澈地閃爍著。

火之宮

火の宮

「麻績同學。」

上學途中，有人叫住了澪。

回頭一看，是同班同學。記得她叫藤瑞穗，有著一張氣質典雅的鵝蛋臉，一頭及肩的直順長髮烏黑亮麗。

「方便跟妳聊聊嗎……？」

瑞穗怯怯地提出要求。

「聊聊？有什麼事嗎？」

「嗯……想跟妳討論一下……」

「討論？」

跟我？澪訝異地睜大眼睛。為什麼？

「嗯。」瑞穗說著，往前走去。「我們家在山科的椥辻……」

她逕自說了起來。澪沒辦法，只能跟在旁邊聽她說。

「是很古老的家族。聽說以前是山科的鄉士⑪，做過村長……我不知道是眞是假，不過是從室町時代延續到今天的家族……所以有一些古老的規矩。」

瑞穗是個說話吞吞吐吐、沒什麼自信的女孩。

「然後，我們家有個傳說。」

「傳說？」

「嗯。」瑞穗點點頭。「聽說從我們家嫁出去的女人，必須留下『人形』做爲替身，否則就會被詛咒……。據說是以前嫁進我們家的媳婦的詛咒……」

「是喔……」

瑞穗有種古典的氣質，從她的口中說出「人形」、「作祟」這些老派的詞彙，莫名地合適。

——可是，怎麼會跟我說這些呢？

而且兩人的關係也沒有親近到瑞穗會來找澪討論這些事。

「那，妳想跟我討論什麼呢？」

「嗯。」瑞穗點點頭，沉默片刻。她似乎在猶豫該如何啓齒。

「就是……那個新嫁娘的詛咒，是以前有個媳婦放火燒屋，帶著全家葬身

註

11：鄉士是江戶時代住在鄉村的武士，平時務農，戰時從戎。

火窟留下來的詛咒。聽說如果不留下人形，就會遭遇祝融之災……。我有個姊姊，年紀相差有些遠……她不久前結婚了。」

「恭喜。」

「嗯……」瑞穗回應，卻沒有欣悅的神情。「……所以，不是必須準備人形才行嗎？我奶奶對這種事很講究，想要幫我姊姊準備……人形是剪裁和紙做成的，其實就只是我奶奶拿剪刀剪一剪而已……結果我姊笑說這根本是迷信，不當一回事，把人形丟掉了。結果……」

瑞穗的語氣徐緩，有種圓潤的感覺。聽著聽著，讓人感覺頗爲悠閒，然而這樣的感受卻被她的下一句話給驅散了。

「我姊姊在新家煮飯的時候，突然噴出凶猛的火勢，釀成了火災。」

瑞穗嘆了口氣，憂鬱籠罩了她的臉。

「雖然只是燒焦了廚房牆壁，但我姊姊的臉和手都受了燒燙傷……雖然不是太嚴重，好好治療，好像不會留疤，可是她還是很害怕，很不安……」

「這……眞是無妄之災呢。」

澪也只能這麼回應。

瑞穗轉向澪：

「麻績同學，妳可以幫幫我姊姊嗎？」

這唐突的請求，讓澪錯愕地「咦？」了一聲。

「怎麼會找我？」

「麻績同學家是從事這類工作的，對吧？我說有個姓麻績的同學從長野轉學進來，我奶奶說：『是神麻績神社的麻績家嗎？』麻績同學，妳家是神社對吧？我奶奶好像從以前就知道那裡。妳家是不是有姓忌部的親戚？我奶奶以前好像跟忌部家有往來……」

「咦，和忌部家有往來？」

「對啊。可是我奶奶說忌部家那裡『已經不行了』。聽說本家已經沒有了？所以我才會想要拜託麻績同學……」

「拜託我什麼？」

「就是，請妳幫忙解開我們家的詛咒。」

澪目不轉睛地看著瑞穗的臉。她的表情是認眞的。

「那，怎麼會落到我頭上來？」

正躺在紅莊的起居間看書的八尋聽完澪的話，劈頭就這麼說。

「因爲我想麻生田叔叔很適合這個任務。」

「呃，哪裡適合？」

「我那個同學家是望族，感覺出手很大方。」

澪向瑞穗介紹八尋去幫忙。澪不是蠱師，若要幫忙，必須依靠麻績村的伯父，但長野實在太遠了，她覺得找八尋比較快。而且瑞穗家的作祟內容，似乎投合八尋的喜好。

「也是，確實耐人尋味。」

八尋闔上書本爬起來。還是一樣蓬頭亂髮。

「山科的歷史很古老。那裡是三面群山環繞的盆地，從繩文時期就有聚落。也是中臣鎌足的據點——妳知道中臣鎌足嗎？天智天皇的親信。山科還有天智天皇的陵墓。那裡也是政爭失勢者的隱遁之地，說起來，確實充滿了歷史的浪漫。」

「喔……」

「妳同學說她們家以前是山科鄉士？那就是負責禁宮警衛的家族了。室町時代興起的家族，在椥辻的話……唔，那一帶很多領主，我也搞不太清楚，山科家是領主嗎？」八尋搔著頭，嘴裡喃喃自語著。「反正總是老家族吧。」

說完後，他賊賊地一笑：

「好吧，我就答應下來。」

澪鬆了一口氣，行禮說：「麻煩麻生田叔叔了。」

「雖然放火燒身的媳婦作祟，實在教人毛骨悚然。怎麼說，總覺得還有什麼文章。」

「文章？」

「嗯。——喔，照手。」

八尋轉向簷廊，招了招手。照手正從敞開的紙門後方探出頭來。這名職神即使澪沒有召喚，也會任意現身，在家裡轉來轉去。玉青等紅莊裡的人似乎都很寵祂。

被八尋呼叫，照手也沒有進入起居間，鼻子對著玻璃門外的庭園。庭園正值楓紅，看上去就像一片熊熊烈火在燃燒。

澪站起來，走到簷廊打開玻璃門。一陣清澈的微風掠過臉頰。她跤上擺在脫鞋石上的拖鞋，走下庭院。照手跟了上來。楓樹、滿天星、衛矛……置身在宛如織錦般濃烈的緋紅樹葉中，有種被火焰圍繞的感覺。風與紅融爲一體，籠罩著澪。閉上眼睛，整個人好似漸漸被冰冷的紅色漩渦給吞沒，澪的身體慢慢地融化在漩渦裡。睜眼一看，照手正用力嗅聞著楓樹的落葉。澪蹲下來，撫摸照手的背部。

——有時候，我會弄不懂我究竟是誰。

宛如被時光的滔滔洪流給吞沒，「澪」這個個體就快消失不見了。這樣的感覺揮之不去。

澪拾起楓葉。舉起來對著藍天一望，深紅被襯得分外鮮艷。

因爲把問題交到八尋手上，澪有種徹底卸下肩頭重擔之感。八尋再怎麼說都是職業蠱師，澪相信交給他穩沒錯。

——沒想到。

「我搞不定。」

從藤家回來的八尋，一副啞巴吃黃連的苦臉。

「搞不定……？」

正在起居間吃玉青準備的烤地瓜的澪反問。

「我也想吃烤地瓜。」八尋說，澪剝了一半遞過去，還拿旁邊的熱水壺補了茶壺裡的熱水，幫他泡茶。雖然都已經泡到沒味了。

「最近的烤地瓜眞好吃。我小時候的地瓜可沒這麼綿密香甜。」

八尋用聽不出是感嘆，還是埋怨的口氣說，大口咬著地瓜。金黃色的地瓜裹著晶亮的蜜糖，焦處就像焦糖一樣芳香。確實美味，但澪想聽的不是這些。

「麻生田叔叔說搞不定，是什麼意思？藤家的問題搞不定嗎？」

「對。那戶人家就像妳說的，是山科鄉士的家族……鄉士雖然是村人，卻是特權階級，被允許擁有姓氏，可以佩刀，是這樣的人家。雖然也有人說藤家是中臣一族的末裔，但冴子老太太——藤家的老奶奶，說這種說法沒什麼可信度。」

八尋說，冴子說「我們家似乎是在應仁之亂⑫時，從山科的其他土地搬到椥辻的」。

「那一帶直到中世，都是山科家的領地。山科家是公家⑬。因為是公家，所以是在宮中奉職，有許多職務。其中之一就是禁宮警衛，不過後來這個差事交到山科的鄉民手中，也就是山科鄉士開始當起宮中的警衛了。到了近世，山科成了皇室的土地，也就是領主變成了天皇。」

懂嗎？八尋向澪確認。

「住在天皇統治的土地、擔任宮中護衛，所以地位還是不同於一般。聽說這就是事情的開端。」

身為特權階級的鄉士，與並非如此的村人之間產生了摩擦。

享保⑭年間，從外地買下土地遷來、逐漸崛起的新興農民們，開始主張自己和鄉士的地位是平等的。

結果這樣的主張沒有被接受，然而一度興起的對舊制度的質疑，再也不會消失。在椥辻村，人們對於鄉士獨占村中職位爆發不滿，進行了改革。

那名女子就是在這個時期嫁入了藤家。女子來自新興農民的親戚家族，算得上是一起為了弭平紛爭的婚姻。

但結果這樁婚事並不順利。不知是因為媳婦來自反目的人家親戚，還是不中意她出身京都的高貴氣質，公婆對這個媳婦極不待見。公婆如何對待這個媳婦，並沒有詳細流傳，除了一個詞：「火之宮」。

「火之宮？」

聽到這裡，澪插口反問。

「因爲是負責禁宮警衛的人家，才會出現這樣的詞彙吧。『火之宮』是尊子內親王的綽號。尊子內親王就是賀茂齋院。齋院——唔，算是伊勢齋宮⑮的京都版吧。是服侍賀茂神社的尊貴巫女。尊子退出齋院後，進入圓融天皇的後宮，成爲女御⑯。她十分不幸，進入後宮一個月後，後宮就燒掉了。」

「燒掉……」

註 12：應仁爲室町時代的年號，僅有三年，並在應仁元年（一四六七）爆發爲期十一年的應仁之亂，京都陷入戰亂。

註 13：公家爲侍奉天皇的朝廷貴族。

註 14：享保爲江戶時代的年號，一七一六至一七三六年。

註 15：齋宮是天皇即位時，前往伊勢神宮奉職的未婚內親王或皇家女子。

註 16：女御是日本古代天皇的后妃身分之一，爲服侍天皇寢宮的高級女官，地位次於中宮。

「因爲這樣，她被冠上『火之宮』這樣的綽號。」

天哪——澪心想。

「那藤家的『火之宮』……」

「藤家也是，那個媳婦剛嫁進來沒多久，就鬧出小火災。據傳原因是灶火沒有留意。」

「所以那個媳婦也被人說是『火之宮』嗎？」

「沒錯。好像被婆婆和小姑虐待得很慘。」

傳說中沒有留下細節，但流傳的結果十分悲慘。

一年後，媳婦流掉肚子裡的孩子，放火燒了房子，帶著全家族葬身火窟，同歸於盡。

「全家族……連丈夫也燒死了？」

「公婆、小姑、丈夫、媳婦，總共五個人。——當然，事情不是這樣就結束了。」

藤家由分家出去的次男回來繼承。從這時候開始，人們才得知燒死的媳婦怨念有多深。

出嫁的次男女兒被燒死了。好像是灶裡的火燒到衣袖。

下一代也是，出嫁的女兒燒死了。這一代有三個女兒，但其中兩人出嫁沒多久就燒死了。

這下子當家也不得不考慮怨靈作祟的可能性。不能讓第三個女兒也平白喪命。他在房子土地建了祠堂，祭祀兩代前不幸死去的媳婦，也委託了蠱師。

「咦？還找了蠱師？」

「沒錯。」八尋點點頭。「藤家就是在這時候和忌部家開始往來的。藤家委託忌部家的蠱師設法挽救。想到的辦法就是人形。」

忌部家的蠱師提議用人形當做替身。藤家遵照指示照做，第三個女兒出嫁後，沒有遇上任何災難。相反地，留在家裡的人形自行焚毀了。

「從此以後，藤家只要有女兒出嫁，都一定會準備人形。就是這麼一回事。」

「喔……」澪在腦中反芻整件事。「可是，這樣有哪裡『搞不定』？」

八尋豎起食指：

「妳不覺得奇怪嗎？」

「咦？」

「忌部的蠱師啊。說到當時的忌部，應該正值鼎盛時期，全是優秀的蠱師。這麼說或許不太好聽，可是卻連一個女人的作祟都袚除不了，只能拿人形當替身，這實在令人費解。替身這種方法，是無計可施之下的不得已做法。」

是這樣嗎？

「我覺得奇怪，所以去看了祠堂。」

藤家祭祀媳婦的祠堂。

「發現那媳婦的詛咒盤踞在祠堂裡。」

八尋露出遙望的神情，就像要回想起那個景象。

「詛咒？」

「沒錯，那是詛咒。不是怨恨或作祟這類自然發生的東西，而是帶著明確的意志施下的詛咒。錯不了——那個媳婦，也是個蠱師。」

八尋說，當時京都除了忌部以外，還有幾戶蠱師的家族。

「不過都已經衰微，不存在了。應該是其中一家吧。——那個媳婦用自己和夫家的人命，下了詛咒。詛咒所有從藤家嫁出去的女子。」

讓她們在夫家燒死。

雞皮疙瘩爬上澪的背部。到底是怎樣的深仇大恨，才會讓她連甚至無緣一見的後代女子都詛咒下去？

「那是用了五條人命的詛咒。應該是很古老的詛咒，是怎樣的詛咒，我也不曉得。即使在當時，一定也很古老吧，所以忌部也才無法破解，至多只能以替身擋煞。我力不勝任。」

他說的「搞不定」，就是這個意思嗎？

「怎麼這樣……」

澪不知道該怎麼向瑞穗交代。

「只要繼續作人形，就不致於出大亂子。只能繼續下去了。直到哪天詛咒失效為止。」

「詛咒什麼時候才會失效？」

「不知道。」

八尋乾脆地說，澪垮下肩膀。

——詛咒就是這樣的東西。

要破除詛咒，非同小可。就是這樣的吧。

澪的腦中浮現高良的聲音。

——如果妳想要解開詛咒，只有一個方法。

——就是妳親手殺了我。

隔天，澪在教室角落對瑞穗說明原委。

「我聽我奶奶說了。」瑞穗說，虛弱地笑了。「既然專家都這樣說了，那也沒辦法。」

「幫不上忙，眞抱歉……」

「完全不會。只要準備人形就行了嘛。我姊也是，好好這麼做就沒事了。」

瑞穗爲難地笑，說「別在意」。

——不過詛咒這種東西，沒有當然最好。

被詛咒束縛是多麼痛苦的一件事，澪深有體會。無可奈何的處境，讓她恨得咬牙切齒。

「怎麼了？」

澪垂頭喪氣地回到座位，坐隔壁的茉奈向她攀談。

「沒事……藤同學爲了跟神社有關的事拜託我一些事，但我幫不上忙。」

即使是「跟神社有關」這種籠統到不行的說明，茉奈也只應了聲「這樣啊」，沒有追問不休。茉奈很會察言觀色，看出是不好對別人透露的內容。

「小澪，放寒假以後，妳會返鄉吧？」

「嗯。」茉奈對澪的稱呼從「麻績同學」進步到「小澪」了。

「那在妳返鄉以前，我們來開個聖誕派對吧！」

「聖誕……派對……」

「啊，神社的人不能過聖誕節嗎？」

沒這回事。澪搖搖頭。

「那就來辦吧。來我們家。不過也沒有其他人好約，就只有我跟小澪，還有我家的狗而已。」

「狗？」

「柯基犬。很可愛喔。還有我弟弟妹妹。」

如此這般，澪被邀請到茉奈家作客，當天過去之前，兩人一起去河原町逛街。是爲了買彼此的交換禮物。兩人在雜貨小物店買了禮物後，想要找個地方喝茶，經過四條大道。

澪在人潮中看到凪高良。

因爲是假日，四條大道的人行道擠滿了人。高良迎面走了過來。他沒有看澪。一樣穿著制服，還有深藍色的牛角釦大衣，或許也是學校指定服裝。還是一樣獨來獨往。澪想要出聲叫他，卻被人潮推擠，放棄這個念頭。兩人就這樣錯身而過。

「小澪？看到認識的人嗎？」茉奈回頭。

「沒有……」

澪搖搖頭，轉頭向前，心想：原來他也會在街上漫步。

——他走在路上，心裡都想些什麼呢？

他一定無數次走在相似的人潮當中吧。

遺忘、記得，哪一邊更爲殘酷？澪還無法釐清，也覺得遺忘才是幸福。不過，她也想要去瞭解千年蠱的痛苦。

澪在聖高原站下車，是漣來接她。漣把手插在看起來很暖和的羽絨外套口袋裡，臭臉相迎。澪心裡犯嘀咕：不想接就不要來接嘛。

「媽訂了聖誕蛋糕，叫我們順便去拿。」

漣吐著白氣說，從澪手中搶過旅行袋，邁步往前走。

「妳整個寒假都會在家吧？要幫忙過年啊。」

麻績家是神社，因此從除夕到整個過年，都得忙於神事及接待參拜客，無暇休息。雖然因爲是小神社，參拜客也只有鄰近的居民信徒而已。

「知道啦。」

兩人去了烘焙店，領了蛋糕，踏上歸途。即使是神社，聖誕節還是會吃個蛋糕應景。是從小吃到大的草莓鮮奶油蛋糕。不是近年時髦的樣式，而是擺上聖誕老人杏仁膏裝飾和白巧克力板、聖誕節氣息十足的蛋糕。聖誕老人杏仁膏總是給澪吃。應該是伯母好意，但澪其實不喜歡甜得要命的杏仁膏。

「照片的事，你問過伯父了嗎？」走在四面八方都是田地的小徑上，澪問漣說。

由於完全沒有擋風的物體，寒風吹得耳朵都發痛了。遠方的山峰已經冠上了一層雪，微陰的天空一片鉛灰色。
「……爸不肯告訴我。」
漣繃著臉說。所以他的心情才這麼差嗎？
澪說的照片，當然是指長得和她唯妙唯肖的八千代的照片。漣回去的時候，說會問伯父是怎麼一回事。
「妳知道是怎麼回事了嗎？」
澪沒有回答，吸了吸鼻涕。伯父不肯告訴漣的事，如果澪說出來，一定會挨罵。
「喂。」
「你去問伯父啦。——漣兄，你大學考試準備得怎麼樣？」
澪露骨地改變話題，漣板起臉孔。
「沒怎麼樣。現在也沒什麼好拚的了。」
老神在在。
「加油喔。」
「囉嗦啦。」

爲什麼幫人加油卻要挨罵？漣之所以這麼火爆，應該不是因爲大考在即的關係吧。

「妳跟爸實在很像。兩個人都愛搞神祕。」

「漣兄自己也是吧？」

「我才不會瞞——」

「我爸媽的事也是嗎？」

漣沉默了。澪早就覺得，關於她戶籍上的父母——也就是叔叔嬸嬸，漣知道某些她不知道的事。她沒有根據，但從以前就這麼感覺。

兩人就這樣沉默下去，一路上沒有再開口，直到打開玄關門招呼「我們回來了」。

「咦，怎麼了，吵架了嗎？」

伯母交互看著回家的澪和漣，第一句話就這麼問。

「又沒有。」漣冷冷地說，一下子就躲進自己的房間了。澪把蛋糕收進冰箱，從旅行袋取出伴手禮。是京都的經典伴手禮八橋。麻績家的人都喜歡沒有包餡的生八橋。

「玉青伯母收到伯母的醃野澤菜，很開心喔。」

「這樣嗎？那太好了。今年也醃了很多，妳回京都的時候再帶去吧。」

「嗯。」澪一邊應著，從廚房探頭看起居間。「伯父在社務所嗎？」

「對啊，找他有事？」

「我去跟他說我回來了。」

伯母還想跟澪說話，但澪假裝沒發現，從廚房後門出去了。她繞過住家房屋，前往神社。打開社務所的拉門，房間中央擺著一只火爐，上面的水壺正冒著蒸氣。伯父在裡面的桌子整理新年參拜要販賣的破魔矢。角落還有裝繪馬的紙箱。看到這幕景象，就感到年節在即。

「我回來了。」澪出聲，伯父稍微抬頭，只應了聲「妳回來了」，視線又回到破魔矢上頭。澪從牆邊搬來折疊椅，坐到爐子前。伯父頭也不抬，也不問「怎麼了」。澪急了起來，主動開口：

「伯父反對我去京都，是不希望我見到凪高良，和他親近，對吧？」

伯父的表情沒有變化。

「如果我和他墜入愛河，我也會像忌部八千代一樣被殺掉嗎？」

伯父的表情變得凶狠。他凌厲地望過來，澪被嚇到了。「我……我是說假設，完全沒有這回事。」

「……沒錯。」

漫長的沉默之後，伯父說道，深深嘆了一口氣。

「這是蠱師的規矩。尤其是生出了重生的多氣王女的一族，責任更是重大。過去也有在襁褓中就殺掉的例子。現在依然有人主張應該這麼做。」

澪臉色發青。走錯一步，澪有可能在嬰兒時期就已經死了。

「妳的處境比妳以爲的更要危險太多了。妳要有所自覺。」

伯父難得語帶懇求地說。不，不是難得，或許是頭一遭。

「不要去見千年蠱。邪靈也是，用神使驅散就好了，不要祓除。」

「可是我——」

雖然還不到隨心所欲，但澪可以透過雪丸來降神。然而伯父否決這件事：

「降神要盡可能避免。那對身心負擔太大了。會殘害妳的肉體。」

——怎麼會這樣？

澪想起降神祓除邪靈後，自己總會病倒。

——那豈不是跟被邪靈侵害沒有兩樣……

不管有沒有祓除邪靈，澪的身心都會受到侵蝕嗎？

「我應該更嚴格地禁止妳離開長野的。這是我的疏失。若是妳因爲這樣而喪命……」

伯父的眼中滿是沉鬱。

「我沒臉面對滿和祥子。」

那是伯父的弟弟和弟媳——澪戶籍上的父母的名字。

澪注視伯父：

「因爲你們把我丟給他們？」

伯父抬頭，終於看了澪。

「因爲你們把嬰兒的我丟給他們，可是他們過世了？」

澪曾經隱隱約約地懷疑過。

「爸媽他們是因爲我，才會遇到車禍死掉嗎？」

「澪。」

從小開始，澪就飽受邪靈的折磨。她被邪靈攻擊、承受著詛咒的話語，因此三不五時就病倒。父母會遇到車禍，會不會也是因爲邪靈的攻擊？

「不是。」伯父斬釘截鐵地說。「那個時候，妳不在滿他們的車上。車禍也是因爲對向車右轉時不注意。」

伯父說得太斬釘截鐵，反而讓澪起了疑心。

「爸媽丟下我，自己出門嗎？那時候我在哪裡？」

「這……」伯父支吾其詞。澪接連又問：

「爲什麼要把我送人？因爲想擺脫我這個麻煩嗎？」

「妳在胡說什麼蠢話？」

「你們把我丟給弟弟和弟媳，可是他們死掉了，所以才覺得內疚，是嗎？」

澪從來沒有對伯父說過如此苛責的話，這卻是她一直想問的問題。爲什麼把自己送人？理由是什麼？

伯父沉默著，眉心深鎖，注視著自己的手。

「……我到現在依然不覺得當時的選擇是錯的。那是最好的做法了。妳手握寶珠出生時——」

「寶珠？」

「神使的依代⑰。只是顆極小的玉珠……就裝在護身符袋裡。」

原來是這樣？澪按住牛仔褲口袋。護身符袋收在那裡面。

「多氣王女重生時，一定會手握寶珠出生。由於從孕期就會招引邪靈，因此我們這時就已經懷疑孩子可能是重生的多氣王女。但是在看到寶珠以前，還是難以相信。然而——」

澪握著寶珠出生了。

「這時我就立下覺悟了。在那之前，也和族人多次商討。」

「商討什麼……？」

「該如何處置妳。怎麼做才是最安全的？……我認為讓妳遠離蠱師的生活是最好的。我以為這樣一來，妳就不會接觸到千年蠱，可以安安穩穩地過日子。」

因此，被託付澪的滿夫妻搬到深山僻地生活。那樣的地方，也沒有什麼邪靈。

「——然而妳最終還是回到了這裡，去了京都，邂逅了千年蠱。」

伯父的眉間擠出深紋，苦惱的陰影變得深濃。

「蠱師一族一次又一次……飽受這樣的痛苦折磨。這完全就是千年蠱對我們施下的詛咒。」

伯父的聲音滲透出對千年蠱的憎恨。

為什麼呢？澪忍不住思考。——為什麼我一點都不恨他？

就連明白自身的詛咒是來自千年蠱以後，一樣恨不了他。

「澪，回來麻績村吧。妳不應該繼續留在京都。」

伯父說，但澪緩緩地搖了搖頭。伯父的臉上露出失望與心死的神色。他恐怕早有預期澪會如何回答。

澪收起折疊椅，放回角落，離開社務所。她沒有回到住家，而是走向鳥居。她站在鳥居下，眺望遠方群山。烏雲比剛才更厚，低垂天際，感覺隨時都

註

17：依代也稱憑代，為神靈憑依之物。

會下雪。

腳步聲傳來，澪回頭望去，是漣。

「……媽說忘記買麻油，叫我去買。妳也要去嗎？」

漣問，澪點點頭。

兩人穿過鳥居，並排走在田埂路上。

「妳可能不記得了，」

漣雙手插在羽絨外套口袋裡，一臉索然地看著腳下。

「但我記得滿清楚的。」

「……記得什麼？」

「叔叔跟嬸嬸遇到車禍那時候。」

「咦？」

澪忍不住仰望漣的臉。

「……你聽到我跟伯伯說話？」

漣沒有回答，接下去說：

「那時候妳跟我們在一起。」

「咦……」澪皺眉。什麼意思？「『我們』是誰？」

「就我跟爸媽啊。我們有時候會去你們家。完全是以親戚的身分。」

不記得了。父母過世時，澪才兩歲，也難怪毫無印象嗎？

「那天我們也去了你們家。叔叔嬸嬸出去買午餐了。大概是顧慮到爸媽吧。即使只有一下子，也想要讓他們跟妳親密相處。」

「然後……遇到車禍？」

漣點點頭。

「爸媽都非常自責，後悔不該讓他們出門的、不該那天去拜訪的。就那麼陰錯陽差，要是提早五分鐘出門，還是晚點出門，就不會出事了。……所以他們非常內疚。明明就把妳託付給他們了，卻又滿不在乎地跑去看妳，才會害叔叔他們過世……」

所以他們才無法直接告訴澪，他們才是她的父母。

澪停下腳步，仰望天空。薄薄的雪花一朵、兩朵地飄落下來。從雲層的模樣來看，雪會下上一整晚，將大地染成一片雪白吧。

「爲什麼要告訴我？」

這是伯父沒有提起的事。漣踹飛路上的石頭：

「妳什麼都不知道，讓人看了就有氣。明明大家都那麼呵護妳。」

漣煩躁地說。澪的內心也波瀾大作：

「那你跟我交換啊！」

漣瞪向澪：

「不要以爲只有妳一個人很可憐。」

「我又沒有覺得自己可憐。」澪也反瞪回去。

「妳回去啦。」

「是你叫我一起去的耶！」

「妳——」漣說到一半，瞄了後面一眼。啊！澪也察覺了。刺鼻的焦臭味。漣咋了一下舌頭，抓起澪的手。

「用跑的。得買麻油回去才行。」

漣往前跑去。手被拉扯，澪也跟著跑。從小開始，他們像這樣跑過多少回了？每一回澪都會想。

漣根本沒有必要跑。是澪逼著他非跑不可。

她想到過去和往後，漣因爲澪而失去、被剝奪的事物。呼吸困難。煩躁與悲傷攪在了一起，在心胸裡逐漸膨脹。

「傻瓜，不要哭啦。」

漣對著前方，頭也不回地說。澪吸起鼻涕，說「我又沒哭」。

不知不覺間，雪花變成了鵝毛大雪。焦臭味消失了。

寒假只剩下兩天時，澪回去京都了。從名古屋搭上新幹線的澪，在路上看到滋賀一帶積了雪，猜想京都可能也下雪了。然而進入京都市區，迎接她的卻是連一片雪花都不見的清爽藍天。

在紅莊——

「我聽說麻績家沒有做年菜。」

玉青準備了年菜在等她。有黑豆、糖漬栗子、紅白蘿蔔絲、滷菜……裝在多層套盒裡的菜餚，讓澪感動讚嘆。就像玉青說的，麻績家沒有準備年菜。因爲實在忙到沒空。除夕夜通宵達旦，神社境內燃起火炬，招待參拜客神酒、準備要給參拜客的破魔矢和神籤等等，種種忙碌一直持續到初三，實在沒有閒情逸致坐下來品嚐年菜，至多只能煮個年糕湯充數。

「謝謝。」

澪道謝，拿起筷子。光澤飽滿的黑豆和金黃色的糖漬栗子在套盒裡就像在閃閃發光。澪最中意的就是鹹甜小魚乾「田作」。聽說在京都，這道菜稱爲「GOMAME」，甜甜鹹鹹，香氣十足，美味極了。入冬之後，起居間就擺上了暖桌，窩在暖烘烘的暖桌旁，吃著美味的食物，眞有如人間仙境。

澪正在吃蜜柑的時候，電話響了。

「小澪，找妳的電話。」

紅莊有室內電話，可是誰會打這支電話找澪呢？不管是麻績家的人還是朋友們，應該都會打她的手機。

「是誰？」

「說是妳同學藤瑞穗。」

澪連忙跑去廚房接聽。一拿起話筒，便傳來瑞穗客氣的聲音：

「不好意思，打電話給妳……現在方便講電話嗎？」

「沒問題，怎麼了嗎？」

瑞穗猶豫地沉默了。會在寒假特地打電話到寄宿的地方來，澪覺得一定是出了什麼大事。

「那個……眞的不能請妳幫幫忙嗎……？」

「咦？幫忙？」

「差……差點就被燒死了……」

瑞穗的聲音在發抖。

「我姊姊燒了起來……雖然火一下子就撲滅了，所以不嚴重，可是……」

「妳先冷靜下來。妳姊姊又遇到火災了嗎？」

瑞穗喘了好幾口氣，回應「嗯」。

「我姊姊想要砸壞我們家的祠堂……喏，不是聽說有怨靈附在上面嗎？我姊姊說既然如此，把它砸壞就沒事了。」

——居然做這麼危險的事！

就連八尋都判斷處理不了，鎩羽而歸了。

「我姊姊拿高爾夫球桿想要砸破祠堂屋頂，結果眞的很突然，一團火憑空冒出來，我姊姊的開襟衫衣角燒了起來……」

瑞穗的聲音又開始顫抖。

「我奶奶把我姊姊推到地上滅火，火很快就撲滅了……要不是這樣，我姊……」

瑞穗在哭。

「我好怕。這實在太可怕了……喏，麻績同學，就不能想想法子嗎？眞的就束手無策了嗎？我眞的好怕……」

澪緊緊地握住話筒：

「——妳現在在山科的家裡嗎？」

「嗯……」

——怎麼辦？我該怎麼做才好？

八尋現在不在京都。他年底就去四國工作了。

「妳等我，我這就過去。」

——我在說什麼？我去了又不能怎麼樣。

可是她實在不能只是在電話裡安慰害怕哭泣的瑞穗就算了。

——我明白她的恐懼。詛咒很可怕。太可怕了。

澪從小就一直活在恐懼當中。她總是害怕得哭泣。但她有可以哭訴依靠的對象。那就是漣。

對現在的瑞穗而言，澪就是她依靠的對象。雖然澪就只是她的同班同學，但她沒有其他可以求助的對象了。

澪放下話筒，返回房間拿大衣。她穿上大衣走向玄關，途中尋思該怎麼做才好。

「玉青伯母，我去一下朋友家。」

「朋友家？哪個朋友？剛才打電話的女生嗎？」

「她姓藤，住在山科。」

玉青對澪一個人外出面有難色，但支持她和朋友一起玩。和茉奈出去玩的時候也是如此，因此玉青這次也爽快地送澪出門：「路上小心。」

澪前往叡山電鐵的一乘寺站，搭到出町柳站，轉乘京阪線，再坐到三條站轉乘地下鐵東西線。她在三條站正要換車時，有人從後面抓住她的手。澪嚇得全身僵硬，但聽到冰冷的聲音說：「妳要去椥辻嗎？」放下心來。回頭一看，高良正表情嚴厲地瞪著她。

「你聽監視我的烏鴉說的？」

「別去蹚那一家的渾水，不會有好結果。」

高良沒有回答澪的問題，而是這麼說。

「你知道藤家的事？」

「那個詛咒，是我傳授的。」

澪瞪大了眼睛：「怎麼回事？」

「嫁到那一戶的女人，是洛中的蠱師。」

「這我知道……你們認識？」

「不認識。但是不是蠱師，一看就知道了。她雖然不是忌部那樣的本流，但也是沒沒無聞地做著蠱師的家族的女兒。她說她是蠱師的女兒，沒有人家要娶，所以才會離開洛中，嫁到山科。」

兩人站在車站裡的角落，高良壓低了聲音說著。

「她不是什麼有能力的蠱師，但說無論如何都想要詛咒那戶人家世世代代的女人，所以我教了她法子。」

「你爲什麼要這麼做……？」澪蹙起眉頭。

「詛咒愈多，就會聚集更多的邪靈。就跟播種種菜是一樣的道理。」

邪靈是他的糧食。

「這塊土地有著數不清的詛咒，都是我像這樣播下的。」

「……你都重生在京都嗎？」

「不一定，但這裡對我最方便。這裡是盆地，人們從四面八方匯集而來，容易滋養邪靈。古來的邪靈就像地層一樣，在這裡層層疊疊。」

澪想像了一下，感到毛骨悚然。對澪而言，這裡一定就像是她的鬼門關。

「世上有太多受到詛咒的家族。就算祓除了一個地方，也於事無補。別瞎攪和了。」

澪目不轉睛地看著高良的臉：

「這也就是說，我有辦法祓除詛咒，對吧？」

高良微微瞠目。

「你說詛咒是你傳授的，那麼你說我能祓除，就一定不會錯了。——謝謝。」

澪抬腳要走，高良用力揪住她的手腕拉回來：

「不是叫妳別瞎攪和嗎！」

「因爲降神會對身體造成負擔嗎？」

高良不說話了。

「我光是活在世上，就會被邪靈折磨，磨耗身心。如果一樣都會磨耗身心，我想用在祓除邪靈上。我想破除詛咒。」

這是在長年受到詛咒的磨難中，澪發自心底的渴求。

「每一個都說一樣的話。」

高良沉聲說道。

「爲什麼妳們每一個都說一樣的話？」

明明什麼都不記得——高良痛苦地呻吟說。每一個——是指過去每一個重生的多氣王女吧。和澪一樣。

看著心痛到面容扭曲的高良，澪心想，被詛咒的人，其實是他自己吧？

爲了自己施下的詛咒，長久以來，他在漫長到無法想像的歲月中痛苦萬端。澪感覺彷彿一道漆黑的帳幕在眼前落下。無法拯救任何人、沒有任何好處，就只是讓每個人都痛苦的詛咒。

——必須讓它結束。

「我想讓它結束。」

澪喃喃說，高良看向她。

「我想結束這一切。——過去的每個人，也都說了這句話嗎？」

高良沒有回話，只是露出淡淡的笑。是一種看破、自暴自棄般的笑。

雖說若是和千年蠱墜入愛河，就會被收拾掉，但澪對自己感覺不到這樣的不可自拔。她對高良沒有憤怒或憎恨，但也不感到愛慕或傾倒。她無法在自己的內心找到如此激越的情感。

她只是想要解放高良。就和自己一樣，想要把他從這個詛咒的煉獄中解救出來。澪被拯救，和他被拯救，應該是同一件事。

澪從高良身邊退開一步：

「我要去椥辻，如果你想要阻止，就跟我一起來。」

澪說，往月台走去。高良咋了一下舌頭，跟了上去。

地下鐵東西線名符其實，是東西橫跨京都市內的路線，但是在蹴上站附近轉彎，從山科站開始，宛如縱斷山科盆地中央般南下。南下之後的第二站就是椥辻站。澪和高良一起走下電車，瑞穗已經在驗票閘門等他們了。看到陌生的男高中生，瑞穗似乎嚇了一跳。

「啊……這是我朋友，凪高良同學。」

澪想不到該怎麼說明，如此介紹，又補了句：「他精通詛咒。」雖然覺得精通詛咒的高中生未免太可疑，但瑞穗接受了：「這樣啊。」她的眼睛底下掛著黑眼圈，似乎相當疲憊。

「我姊姊和我媽媽一起搬去六甲山的別墅了。說換個地方休養一下比較好。」

瑞穗走著，用比平常更微弱的聲音說。藤家好像在車站出去的大馬路北邊的地方。

「妳姊姊傷勢很嚴重嗎？」

雖然在電話裡，瑞穗好像說不是太嚴重。

「傷勢是還好……。其實，我姊姊的婚事告吹了。」

「咦！」

「她們還沒有去登記……然後因爲那些火災，男方嚇到了……被我們家的詛咒嚇到，說沒想到我們家這麼可怕……」

要責怪薄情是很簡單，但遇到被詛咒的人家，就算是當事人，還是忍不住會害怕。澪什麼也說不出口。

「……我從以前就不是很喜歡我姊姊。」

瑞穗小小聲地說。

「我姊姊長得很漂亮。我們是姊妹，從小就被拿來比較，這讓我覺得很排斥。而且我姊姊個性很強悍……我都說不過她……」

澪可以想像得出來，瑞穗應該是個不會頂嘴的人。

「我奶奶爲我姊姊準備的人形，也被她說是迷信、好笑，把東西丟掉了……明明就算心裡覺得是迷信，也只要說聲謝謝收下就好了。她完全沒有考慮到奶奶對她的心意……」

聲音在發抖。瑞穗摩挲手臂。

「我姊姊很漂亮、又聰明，從小就被眾人捧在掌心，她的結婚對象也很優秀……我忍不住心裡有點在想，她應該吃一點苦頭才對。」

可是——瑞穗搖了搖頭。「我並不是希望姊姊受那種傷。看到她哭成那樣，我覺得她好可憐。想歸想，又不是眞的希望變成那樣。雖然我說我不喜歡我姊姊，但也不是討厭她……怎麼說……不是喜歡或討厭那類感情……」

這樣的感受，澪也明白。她對漣的感情，不是喜歡或討厭可以表達清楚的。是一種更深沉、更扭曲、更糾結，難以梳理清楚的感情。

「我……很害怕。即使只有一丁點，自己居然有那種念頭，讓我害怕我自己。那些詛咒、我姊姊會燒起來，會不會是我害的？雖然大家都說是我們家的詛咒，但會不會也是因爲我有這種念頭，才會出事？我……一直很害怕是我害的。」

淚水從瑞穗的眼眶滾落。原來她眞正害怕的是這件事嗎？澪心想。澪撫摸著瑞穗的背，不知道該如何安慰起。瑞穗的姊姊會遭遇火劫，是藤家的詛咒，與瑞穗無關。但澪並非詛咒的專家，不清楚實際上究竟如何，而且不管澪說什麼，應該都沒有說服力吧。

「……受詛咒的對象的意志，與詛咒無關。」

高良忽然出聲了。

「咦？」澪反問。她不太明白這話是什麼意思。

「不管被詛咒的人怎麼想，對詛咒都不會有影響。」

高良有些厭煩，慢慢地重說了一遍。

「詛咒就是這樣的。它是離弦的箭，射出去以後，就連施行詛咒的人都無法阻止。」

高良的眼睛掠過陰影。

「也就是說，不管藤同學怎麼想，都和她姊姊的災難無關，對嗎？」

澪確認地問，高良只瞄了她一眼，但澪把它當成肯定。

「專家這樣說喔。」澪對瑞穗說，瑞穗眨了眨眼。淚水一行、兩行地滑下臉頰。

「謝……謝謝……」

話聲剛落，瑞穗雙手摀住了臉。

——帶他來是對的。

高良不帶半點溫柔或親近的口吻，反而淡淡地傳遞了事實。比起呵護體恤，這樣更能拯救瑞穗的心吧。

——不，這也是一種溫柔嗎？

在現在這一刻說出這個事實，就是他的溫柔吧，澪心想。

「這邊……這就是祠堂。」

瑞穗指示土地角落的祠堂。藤家是一棟又大又古老的日式建築物，除了主屋以外，還有別院和倉庫。一言以蔽之，是氣象儼然的大豪宅，氣派恢宏。相對地，只有土地一隅顯得陰暗淤塞。一團黑色的蜃影朝上翻騰搖曳著。不勞瑞穗指示，一看就知道祠堂在那裡了。

「很不祥對吧？」

瑞穗旁邊的七旬老婦神情陰鬱地說。是瑞穗的祖母冴子。她一身黑色高領上衣配淡灰色長裙，肩上罩著一條看上去很暖和的披肩。

「然而這年頭的人，就算聽到什麼詛咒、作祟，也不肯當眞。就連我兒子都是……。願意聽我說的，就只有這孩子而已。」

她望向瑞穗說。

「我嫁進這個家的時候，什麼都不知道。女兒出生時，婆婆才告訴了我。

嫁女兒的時候，我照著婆婆吩咐，做了人形供奉在祠堂。女兒出嫁當天，人形燒起來消失了。兒媳生下女兒時，我一樣照著婆婆說的告訴她，媳婦卻不當一回事。時代不同了吧。可是，詛咒並不會因爲時代變了，就放過我們。」

冴子微低著頭，輕聲細語地說著。

「不過……」她抬頭，望向澪和高良。「你們說要破解詛咒，是認眞的嗎？上次來的蠱師，說最好不要輕舉妄動……」

她的眼中有著怯色，是在擔心：萬一多事亂來，讓詛咒更加暴戾，那該怎麼辦？

澪不知道自己是否眞的能夠袚除。知道的人是高良。

「做得到吧？」澪看著高良問。高良厭煩地嘆了一口氣：

「……對於詛咒，基本上有兩種處理方式。一種是摧毀詛咒，另一種則是把詛咒轉嫁到替身身上。『摧毀』當中，也包括了反彈詛咒。這是暴力式的做法。我長年探究詛咒，但終究沒有任何方法比得過來硬的。因此蠱師如果沒有自信能摧毀詛咒，都會選擇轉嫁的做法。畢竟倘若失敗，詛咒會反彈到自己身上。」

高良興致索然地說，實際上他也說「雖然說起來沒什麼意思」。

「而暴力的極致，就是降神。再也沒有比降神更暴力的做法了。在暴力——也就是能量的拚搏當中，人類的詛咒，不可能敵得過神力。」

「……喔……」澪在心中咀嚼高良這席落落長的話。

——也就是說，全看我能否降下天白神……

依照過去的經驗，澪成功降神，都是在生命瀕臨危機之際。這次也只要比照辦理就行了嗎？但是要故意讓自己置於生命危險中，相當困難。弄個不好，會眞的沒命。

「降神的實現，全靠服侍神靈的巫者投身於生死狹縫之間，拋卻自我，成爲依代。過去我也是如此，妳應該也有這個資質。既然妳都來到這裡了，應該已經有所覺悟了。我已經阻止過妳了。」

高良剛一說完，就抓住澪的手，把她推向祠堂。事發突然，澪甚至來不及驚呼。

要撞到了！澪閉上眼睛，縮起身體，然而卻未經歷她所害怕的衝撞或疼痛，就只是倒在地上而已。她扶地撐起身體，發現那裡並沒有祠堂。相反地，映入視野的是一雙腳。

是赤腳。乾燥的皮膚沾滿了泥土，髒兮兮的。兩隻腳從深藍色的木棉衣襬下露出來。那件衣服已經不知道洗過多少遍了，褪去了顏色，縫縫補補，邊緣早就磨破了。

那雙腳一動不動。澪無法抬頭。她知道那雙腳的主人正定定地俯視著她。感覺得到視線。動彈不得。

高良在哪裡？其他人呢？除了祠堂變成了人以外，景色並沒有不同。這裡應該是藤家的院落，然而卻不聞任何聲響，一片死寂。

忽然間，腳踝被抓住了。澪吃驚回頭，看見黑色的蜃影像蛇一樣纏繞在腳踝上。被猛力拉扯，澪跌倒了。肚子硬生生地撞在地上，她屏住了呼吸。然而束縛腳踝的力量依然沒有放鬆，反而力道更大了。感覺腳踝都要被扯斷了。

然而，那股力道突然消失了。

「邪靈我來對付，妳去祓除詛咒。」

她聽到高良的聲音。然而四下張望，也沒看見他的人影。不光是他，也沒看到瑞穗和冴子。同時她發現，原以爲相同的周圍風景，其實也有些不同。主屋的位置一樣，但建築物不同。那是一棟茅草屋頂的古老大房屋。沒有別院，倉庫是木板屋頂，旁邊堆積著柴薪。沒有籬笆，也沒有大門。四面八方只有田地和山地。

澪發現眼前的那雙腳消失了。與此同時，煙味撲鼻。轉頭一看，主屋的茅草屋頂正冒出滾滾黑煙。屋門隨著劇烈的聲響被踹破，化成一團火球的人從門內連滾帶爬地跑出來，連是男是女都無法分辨。化成火球的人在地上翻滾、掙扎。屋子裡一片燁燁紅光，被擴散到整個房間的火焰照得明晃晃。其中有幾個人看起來就像在舞蹈。是被火焰吞噬的人。奇妙的是，沒有聽見慘叫。耳裡只聽見木柴燃燒爆裂的聲響，以及低沉的呻吟。不，不光是這些而已。

她聽見大笑。是女人的笑聲吧，笑聲尖銳刺耳。

——是那個放火的媳婦在笑嗎？

聽著這笑聲，澪感受到一股如水漫延一般的悲傷。雖然在笑，但愈聽愈像哭聲。聽起來就像在抽泣、傾訴，訴說著無人垂憐的她的孤獨。

屋子漸漸被火焰吞沒。然而屋子卻沒有崩塌，持續燃燒，痛苦翻滾的人們身上的火焰也沒有熄滅。

——對了，這是詛咒。

永遠燃燒下去的火宅。永遠不會完結的詛咒。無休無止地燃燒。和自身一起。

詛咒就是這樣的東西嗎？甚至不惜墮入永無終日的痛苦，也想要詛咒別人嗎？如此強烈的情感，甚至超越了憎恨吧？

——他也是嗎？

永遠不會完結、永世輪迴的詛咒。這個詛咒在千年蠱和多氣王女之間不斷地循環、反覆上演。

——必須斬斷它才行。

澪有種原本缺少的碎片嚴絲合縫地嵌回體內的感覺。

「雪丸。」

澪毅然召喚雪丸。白狼倏忽現身澪的面前，下一秒，雪丸一個跳躍，化身鈴鐺。

輕盈的鈴聲響徹四下。音色清澈莊嚴。四下充滿了白光，宛如迎接黎明。是聖潔而冷冽的光。

受燦光照射，火勢變得更加熾烈了。屋子愈燒愈猛。先前沒有崩塌的屋頂現在燒燬了，柱子化成焦炭坍倒。屋子燒光了。

澪覺得聽見了沉靜的嗚咽聲。

很快地，當一切都燃燒殆盡時，不管是焦炭、灰燼，甚至連煙的氣味，都未留下一絲一毫。

鈴聲再次響起。宛如雲收霧散，白光漸漸淡去。

澪輕吁了一口氣，這時忽然有人拉扯她的手臂。

「——麻績同學！」

眼前是泫然欲泣的瑞穗。

「啊，麻績同學，妳回來了！」

「咦？」

「妳突然消失不見，我真不知道該怎麼辦……可是凪同學說不要緊……」

瑞穗似乎十分混亂。她看起來隨時都會哭出來，抓住澪的手也在發抖。

澪東張西望。高良和冴子都在。周圍的景色已經恢復原樣。大房子、別院、倉庫——不。

澪把臉轉回正面。祠堂不見了。它在原本所在的位置化成焦炭坍塌了。煙的氣味仍未消散。

「痲績同學消失以後，祠堂就燒了起來，一眨眼就燒光了。」

瑞穗困惑地說。澪也不清楚到底發生了什麼事。澪看到的是大房子燒燬，但是在這裡，是祠堂燒掉了。

但也有些事情她明白了。

「我想詛咒已經消失了。」

澪對瑞穗說。「咦？」瑞穗一怔。

澪指著祠堂說：

「它全部燒光了。已經結束了。」

「——眞的嗎？」冴子出聲。「這是眞的嗎……？」

澪看向高良。高良只是默默地點頭。

「眞的。」

澪轉回冴子那裡說，冴子如釋重負地當場坐倒在地。「奶奶！」瑞穗跑了過去。

「太好了……真的太好了……」冴子淚流滿面。瑞穗握住她的手，撫摸她的背。

澪看著兩人，忽然發現高良不見了。慌張地四下一看，他正從大門走出去。澪跑過去追上他。澪疲累不堪，腳步沉重。稍微跑一下就氣喘吁吁。

「等一下！」

高良回頭瞄了一眼，在巷子停下腳步。

「不要跑。妳再倒下，我不會幫妳了。」

「……我知道。」

明明才跑了一小段路，澪已經喘到肩膀上下起伏。回去以後一定又要病倒了。

「明明用替身人形就好了，卻要耗損自己的壽命去救人，太傻了。」

澪看著高良的臉：

「……你說詛咒是離弦的箭，但我覺得是環。」

「環？」高良詫異地皺眉。

「永無終點的環。沒有結束的一天。永遠詛咒、被詛咒下去。——真的毫無意義呢。必須在某個地方斬斷它才行。」

高良默默地回視澪的眼睛。

「我想要斬斷它。」

斬斷以詛咒和被詛咒相連在一起的、千年蠱與多氣王女的環。

「──那，」高良開口。「妳願意殺了我嗎？」

澪在高良的眼睛裡，感受到和剛才在熊熊燃燒的屋子裡傳來的媳婦哭聲相同的情感。那是一雙悲傷的眼睛。

「妳說的環，是由我開始的。只要我重生，妳就會跟著重生。只要我這個起點消滅，妳也不會再次重生了。」

「消滅……」

「把千年蠱祓除、殲滅。」

「我做得到嗎？」

「做得到。」

高良簡潔地回答後，目光轉向遠山。

「……多氣原本要爲我這麼做的。她應該要扭轉永遠不斷地重生、帶來災禍的我的命運。」

多氣王女。澪按住胸口。她到現在依然沒有自己是重生的多氣王女的眞實感。因爲她沒有任何過去的記憶。

——可是，我非做不可。

「好。」

澪點點頭說。然而高良眼神陰鬱。

「每個人都這麼說。」

「每個人……」是澪以前那些重生的多氣王女。

「然而她們都在獲得足以袚除我的力量前就死了。一旦重生，又必須從頭來過。因爲妳沒有記憶……」

高良深深地嘆了一口氣。是打從心底疲憊無比的嘆息。

「我已經不抱期待了。心存期待的時期早就過去了。或許這次眞的……我一次又一次如此期望，結果——」

每個人都留下我死去了，高良說。聲音孤寒、寂寞。澪的胸口一陣絞痛。

這股痛是自己的、還是多氣王女的感受？

「不要讓我期待。就連期待，對我來說都是折磨。」

高良轉身背對澪，往前走去。澪反射性地抓住他的手。

「你不要任意失望好嗎？我什麼都不知道啊。」

「所以——」

「對你來說，或許我只是重生的多氣王女的其中之一，但對我而言，我就只有這段人生而已。不是全為了你，我不想死，所以我會為了我自己，拚命努力。我會卯足全力，學到袚除你的能力。」

高良沉默，就好似被澪連珠炮的氣勢給震懾了。兩人彼此互瞪了片刻，高良甩掉澪的手。

「隨妳的便。」他丟下這句話離開了。「第一次遇到像妳這樣潑辣又不可愛的。」

可愛能解開詛咒嗎！澪在內心咒罵。

她覺得高良離去的背影，孤寂的陰影似乎淡去了一些。

「麻生田叔叔，我可以拜你為師嗎？」

澪這話讓八尋傻住了。結束工作，時隔一陣子回到紅莊的八尋正在起居間喝茶。澪在他面前跪坐下來。

「拜什麼師？蠱師的？」

「是的。」

「我沒在收徒弟。」

「我會付你學費。」

「不要動不動就扯到錢上頭好嗎？」八尋搔了搔頭。「那，妳怎麼會想要拜什麼師？妳想當蠱師嗎？」

「不，我想要累積經驗。有很多我做不到、不知道的事。」

「累積經驗要做什麼？」

澪一時語塞，但決定開誠布公。

「我要祓除千年蠱。」

八尋只是應了聲「這樣喔」。

「叫漣教妳就行了吧？他春天就要來這裡讀大學了吧？」

「又還不知道考不考得上。」

「喂，我聽到了。」

紙門打開，漣進來了。下星期是漣的大學入學考複試，他從昨天就下榻在這裡。

「少在那裡說風涼話，幫我祈禱上榜吧。」

「我不是給你北野天滿宮的護身符了嗎？」

「感受不到心意。」

「你想要我的心意？」

「誰稀罕？」

漣臭著臉鑽進暖桌裡。就在這時，玉青說著「好了好了，來準備吃火鍋吧」，走進起居間來。朝次郎在她後面抱著卡式爐。

玉青指示：「八尋，幫我把廚房的土鍋端過來好嗎？」八尋寒冷地拱著肩膀，離開暖桌。「我也來幫忙。」漣迅速起身，走向廚房。澪在內心牢騷「在大人面前就會裝乖」，一起跟上去。今晚吃白蘿蔔泥雪見鍋，因此容器裡白蘿蔔泥堆積如山。八尋用隔熱手套打開土鍋蓋子看裡面，蒸氣和高湯的香氣頓時瀰漫四下。鍋子裡已經放了白菜、長蔥和豬肉。「看起來好好吃。」八尋喃喃道，蓋回蓋子，順道似地說：

「剛才那件事，小澪。師父這個重責大任我扛不起，但我可以幫妳。」

八尋說得輕描淡寫，但眼神溫柔，就像在看小朋友。

「謝謝麻生田叔叔。」

澪道謝說，八尋擺了擺戴上隔熱手套的手。「八尋，鍋子快點端過來。」玉青催促，八尋捧著鍋子離開廚房了。

漣端著裝白蘿蔔泥的容器，開口：

「妳要祓除千年蠱？」

「這是解開詛咒的方法。」

澪應著，從碗櫥裡取出小碟子和筷子。偷聽澪和伯父對話的漣，後來從伯父那裡問出了詳情，但澪不知道他對此抱持什麼樣的想法。

「……我搬到京都以後，也會開始修行。」

「咦？修行？」

「我本事還不到家。」

「這樣喔……」

「等我變強了，一定會擊倒凪高良。」

——原來如此。

第一次見到高良的時候，高良說漣「半吊子」，這似乎讓漣相當懷恨在心。

「我們兩個聯手對付，應該總有辦法。」

「咦？」

「祓除千年蠱啊。就算我沒辦法祓除他，起碼也能削弱他的力量。……我一定會做到。」

澪仰望漣的臉。漣筆直地看著澪。

——這種時候，應該不是說「謝謝」吧。

澪不知道該說什麼才好，只點了點頭說：

「……嗯。」

澪一邊點頭，想到：高良也有像這樣陪伴他的人嗎？但願有。

京都紅莊奇譚　第一卷　完

Lovecity 116

京都紅莊奇譚　卷一　愛情說，被詛咒吧！

作　者—白川紺子
譯　者—王華懋
編　輯—黃煜智
行銷企劃—林昱豪
校　對—魏秋綢
封面設計—魚展設計
內文排版—陳姿伃

副總編輯—羅珊珊
總 編 輯—胡金倫
董 事 長—趙政岷
出 版 者—時報文化出版企業股份有限公司
108019台北市和平西路三段二四〇號四樓
發行專線／（02）2306-6842
讀者服務專線／0800-231-705、（02）2304-7103
讀者服務傳眞／（02）2304-6858
郵撥／1934-4724時報文化出版公司
信箱／10899臺北華江橋郵局第99信箱
時報悅讀網—www.readingtimes.com.tw
電子郵件信箱—ctliving@readingtimes.com.tw
思潮線臉書—https://www.facebook.com/trendage
法律顧問—理律法律事務所　陳長文律師、李念祖律師
印　刷—勁達印刷有限公司
初版一刷—二〇二四年十一月八日
定　價—新台幣四二〇元

Printed in Taiwan

時報文化出版公司成立於一九七五年，
並於一九九九年股票上櫃公開發行，於二〇〇八年脫離中時集團非屬旺中，
以「尊重智慧與創意的文化事業」爲信念。

京都紅莊奇譚 卷一 愛情說，被詛咒吧 / 白川紺子著 ;
王華懋譯 . -- 初版 . -- 臺北市 : 時報文化出版企業股
份有限公司 , 2024.10
304 面 ;14.8*21 公分 .
譯自 : 京都くれなゐ荘奇譚　呪われよと恋は言う
ISBN 978-626-396-715-1 (平裝)

861.57　　113012643

KYOTO KURENAISO KITAN

Illustrations by Gemi
First original Japanese edition published by PHP Institute, Inc., Japan.
Traditional Chinese translation rights arranged with PHP Institute, Inc., Tokyo
in care of Japan UNI Agency, Inc. Tokyo

ISBN 978-626-396-715-1
Printed in Taiwan